(Par Carrière - Doisin, d'après
Barbier.)

I0649958

Ⓒ

Yf 4479-4480

LES FABLES

MISES EN ACTION,

SUIVIES

DE PIECES FUGITIVES,

ET

DE QUELQUES COMÉDIES.

TOME PREMIER.

Un seul de leurs regards suffit à notre gloire.

LES FABLES

MISES EN ACTION,

SUIVIES de Pieces fugitives, & de quelques Comédies.

Par M. C * * *. poisier

TOME PREMIER.

A PARIS,

Chez
- DE SENNE, Libraire, au Palais-Royal.
- LE ROY, Libraire, rue Saint-Jacques.
- MÉRIGOT jeune, Libraire, au coin de la rue Pavée.

M. DCC. LXXXVII.

AVEC APPROBATION ET PERMISSION.

AVANT-PROPOS.

C'est ordinairement par les fables que les parens, sur-tout, commencent pour cultiver la mémoire de leurs enfans. Voici à ce sujet une objection de J. J. Rousseau.

Les fables peuvent instruire les hommes, mais il faut dire la vérité nue aux enfans; si-tôt qu'on la couvre d'un voile, ils ne se donnent plus la peine de le lever.

Toute juste que paroisse cette assertion; je crois cependant qu'elle ne doit pas être prise à la lettre. Non-seulement un choix de fables simples & mises à la portée des enfans, fixe plus ou moins leur attention, par le plaisir qu'ils ont naturellement à les entendre; mais cela sert encore à cultiver leur mémoire, & comme il reste toujours une idée confuse de ce qu'on a appris par cœur, l'âge fortifiant le jugement, la raison acheve d'en recueillir le fruit.

Cet exercice est très-propre, aussi, à faire

a

naître dès l'enfance le defir de plaire & de prouver des talens dont les applaudissemens font la récompense , car l'amour-propre est la premiere passion dans le cœur de l'homme , il devance même la raison. C'est aux parens à bien diriger ces premieres impressions , autrement ce qui les flatte pourroit devenir le germe d'une vanité dangereuse, & ne faire que de petites idoles bien sottes & bien présomptueuses , & c'est ce qu'on voit tous les jours.

En réfléchissant, donc, sur le meilleur moyen d'exciter les enfans à cultiver leur mémoire & de les engager à prêter plus d'attention à ce qu'on leur fait apprendre , j'ai pensé que de mettre les fables en action, ce seroit les leur présenter sous un jour plus piquant, & leur en rendre la morale plus sensible ; car, malgré toute la simplicité dont ces petits poëmes soient susceptibles, & la vie qu'ils donnent aux objets , il faut encore , pour les comprendre , combiner des idées , faire une application : or, à cet âge, l'esprit seulement frappé de l'hiſtoriette laiſſe échapper la moralité. C'eſt donc en uſant de cette tournure animée, qu'on parviendra plus aiſément à les inté-reſſer, puiſque l'étude, alors, aura plutôt l'air d'un badinage qu'un devoir à remplir. Qu'on en faſſe l'épreuve, ainſi que je l'ai faite, & l'on verra que le dialogue devient un jeu pour eux, ils ſont enchantés de faire le loup, ou l'agneau ; de-là des queſtions, des petits raiſonnemens qui vous mettent à por-tée de les fixer davantage, & conſéquem-ment vous aident à développer leurs idées & à leur faire ſaiſir le vrai ſens de l'apologue.

Il eſt bon cependant d'obſerver, pour rendre la fable plus fructueuſe, que le fourbe ou le méchant y reçoive un châtiment ou au moins quelques reproches, & c'eſt ce que j'ai tâché de faire. Cette remarque eſt très-importante, parce qu'il faut toujours écarter tout ce qui peut affoiblir dans le cœur des enfans le ſentiment de la juſtice & de la vérité.

Pour donner une eſquiſſe de mon travail je profite du commencement de cette année,

& préfente feulement, aujourd'hui, douze fables de Lafontaine. J'y ai joint quatre de celles de M. l'Abbé Aubert & quelques-unes des miennes ; mais non dialoguées.

Si le Public approuve cette nouvelle forme , je continuerai à donner toutes celles qui m'ont paru fufceptibles d'être mifes en action , car toutes n'y font pas propres, à moins que de les refaire entiérement & de n'en prendre la moralité que comme le texte d'un nouvel ouvrage , auffi ce travail tout fimple qu'il paroît être , au premier coup-d'œil, exige-t-il plus de peine qu'on ne penfe , fur-tout lorfqu'on veut être concis & conferver cette grace , cette naïveté qui font le mérite effentiel de la fable. Je ne fais fi j'ai eu le bonheur de réuffir : c'eft au Public à me juger.

Si j'ai fait quelques retranchemens ou des augmentations dans les fables, c'eft parce que la marche & l'enchaînement du dialogue m'ont paru l'exiger ; mais au moins j'ai tâché d'y conferver les détails effentiels, & fur-tout cette naïveté dont l'expreffion fimple

& naturelle caractérise si bien l'amabilité philosophique du bon Lafontaine. Celles de M. l'Abbé Aubert offrent aussi souvent le même avantage, malgré que le style toujours correct en soit généralement plus élevé & plus brillant, & qu'elles soient, j'ose le dire, d'une tournure plus maligne, elles ont cependant un motif clair, précis & sur-tout très-moral.

Comme mon but est de rendre ce genre d'étude aussi agréable qu'il est vraiment utile, & que je travaille à mettre au jour un cours d'instruction que je médite depuis long-tems ; ce sera un des objets dont il sera composé.

En annonçant ce nouvel ouvrage, ce seroit une présomption de ma part que d'oser me flater d'avoir mieux réussi que ceux qui consacrent encore chaque jour leurs veilles à cet utile emploi ; au contraire je m'éclaire avec eux, & fais même mettre à profit ce qui dans leurs écrits, me paroît répondre au plan que j'ai tracé ; car si le desir de s'instruire & le goût des connoissances dans tous

les genres, fe manifeftent aujourd'hui parmi
nous plus que jamais, convenons que cette
noble émulation fe trouve heureufement fe-
condée, non feulement par les recherches
& les travaux multipliés d'excellens écrivains ; mais encore par ces nombreux établif-
femens répandus dans le Royaume, où à
l'exemple de la Capitale, l'étranger comme
le citoyen viennent fe réunir pour perfectionner leurs talens, ou en acquérir de nou-
veaux.

Cette effervefcence, loin de faire notre
éloge, paroît au contraire à de certains
caufliques, un nouveau témoignage de notre
frivolité ; ils traitent cet enthoufiafme de folie,
& pronoftiquent d'avance que nous ne ferons
ni plus fages, ni plus favans : laiffons pérorer
ces profonds politiques, & profitons toujours
de ces utiles inftitutions. C'eft en fe réuniffant,
c'eft en fe communiquant réciproquement
leurs idées, que les nations, comme les
hommes en particulier, fe font éclairés &
font enfin parvenus à mieux connoître le
prix des mœurs & des vertus dont dépend

leur bonheur. Auffi l'éducation de la jeuneffe
eft-elle aujourd'hui un des objets les plus
importans dont le Gouvernement s'occupe.
Rien n'eft épargné, quoi qu'en difent les
détracteurs, pour tendre à la perfection
de ce mobile politique. Les honneurs & les
récompenfes font répandus de toutes parts,
& grace aux vrais talens & aux travaux multipliés des Inftituteurs, la Société jouit déja,
à bien des égards, des avantages que la
raifon éclairée & l'expérience devoient naturellement produire.

Ce n'eft pas fur les abus qui fubfiftent
encore, fur les folies & les extravagances
qui regnent au milieu d'une population im-
menfe, qu'il faut condamner toute une nation ; c'eft en fe rappellant ces tems de
fanatifme & d'ignorance, qui ont enfanté
tant de crimes & d'erreurs, c'eft en com-
parant les vertus qui fubfiftent aujourd'hui
parmi nous, avec l'aveuglement & la féro-
cité d'un peuple foible & fuperftitieux, qu'on
peut apprécier avec plus de juftice, les progrès que la philofophie & le goût de l'étude,

nous ont fait faire dans la science des mœurs
& de la politique.

La plupart des nations plus éclairées con-
noissent aujourd'hui leurs véritables intérêts,
& toutes tendent insensiblement à faire régner
chez elles plus de justice & d'humanité ; mais
je m'apperçois que ces réflexions me condui-
roient trop loin : revenons à l'objet qui
m'occupe.

J'ai dit que l'éducation de la jeunesse se
perfectionnoit de plus en plus ; je tâcherai
donc d'y contribuer, non que j'aie un plan
de réforme générale à proposer, nous avons,
à ce sujet, des ouvrages trop sages & trop
lumineux ; mon but seulement est de continuer à rassembler les matériaux épars, de
recueillir successivement tous ceux qui paroîtront, & d'en former un cours par cahiers
destiné à l'instruction, de la jeunesse. Toutes
les matieres y seront classées, de maniere que
chaque objet aura son chapitre particulier,
c'est-à-dire que ce seront autant de traités ;
où les jeunes gens sur-tout, non seulement

pourront puifer de nouvelles connoiffances, mais encore perfectionner celles qu'ils auront déja acquifes.

C'eft donc moins un ouvrage fimplement éphémere que je veux donner, qu'un cours complet & fuivi. Son utilité fe fera d'autant mieux fentir, qu'il s'enrichira tous les jours des nouvelles productions qui paroîtront, tant en France que dans les différens pays, où les fciences & les arts font cultivés avec fuccès.

Je conviens que nous avons, à cet égard, un affez grand nombre d'excellens livres claffiques; mais ce qui rendra ce cours d'un ufage plus commode & auffi utile, c'eft que tous les articles clairs & concis, feront débarraffés de ces longues differtations qui fatiguent plutôt l'attention, qu'elles n'inftruifent réellement; l'exemple bien choifi fera toujours à côté du précepte & préfenté de maniere que la mémoire la plus ingrate en confervera néceffairement un fouvenir agréable.

Peut-être penfera-t-on que cet ouvrage

ne préfentera , le plus fouvent , que ce qui eft
déja répandu dans une infinité d'excellens
livres ; je ne le cache point , mon deffein eft
de puifer dans toutes les mines fécondes qui
me paroîtront propres à remplir mon objet , mais c'eft par le choix , la clarté & la
maniere de lier les matieres & de les varier ,
que je veux tâcher de rendre mon travail
intéreffant.

Cet aveu loin de le décréditer doit au
contraire infpirer plus de confiance, & prouver
d'avance qu'il renfermera au moins d'excellentes chofes. D'ailleurs , qu'on fe raffure :
j'ofe promettre que mes cahiers entiérement
confacrés à l'inftruction & à l'amufement de
la jeuneffe différeront , en plus grande partie ,
de tous ceux déja connus, non feulement par
leur forme , mais encore par les objets qu'ils
renfermeront.

Loin donc que la contexture de l'ouvrage
que je propofe , doive paroître peu propre
à former un cours d'inftruction bien fructueux ,
je crois au contraire qu'elle lui eft très-fa-

vorable. En effet, quoique les jeunes gens bien nés foient affez difpofés à s'inftruire, une étude trop longue ou trop abftraite, finit toujours par les ennuyer; le découragement s'en mêle, & ils laiffent là & le maître & les livres.

Un cours, au contraire, qui ne fe préfente, que par intervalle, devient une nouveauté attendue avec impatience; on reprend la lecture avec plus de plaifir, & comme l'ordre des matieres ramene toujours l'efprit au point d'où l'on eft parti, on fuit alors fon objet avec bien moins de dégoût, & il s'y trouve infenfiblement gravé de la maniere la plus avantageufe.

Je préviens néanmoins que mes premiers cahiers ne feront, en quelque forte, que l'expofition de mon plan, parce que je veux auffi confulter le Public; une fois affuré de fon fuffrage, je pourfuivrai ma carriere : alors une Société de Savans & de Littérateurs eftimés, difpofés à me feconder, voudront bien m'aider dans mon entreprife.

J'obferve auffi que ce cours ne fera pro-
pofé que par foumiffions. Jufqu'à préfent
le Public a trop eu lieu de fe plaindre des
foufcriptions ; ce feroit donc vouloir , malgré
toute l'honnêteté dont on peut fe flater ,
s'expofer à un refus , que d'exiger la moindre
avance.

Je joindrai à fon article , quelques dialogues
formés de l'Hiftoire. Cette nouvelle maniere
d'inftruire les jeunes gens , fur un objet auffi
important , aura certainement de grands avantages. C'eft en oppofant le regne de deux
Souverains , foit antérieurs l'un à l'autre , foit
contemporains ; c'eft en les faifant eux-mêmes
leurs propres hiftoriens , que les jeunes gens
parviendront plus facilement à affeoir un jugement. Cette méthode rédigée avec goût
& avec fagacité , eft très - propre à développer les événemens , & à en rendre la
marche plus lumineufe & plus piquante. Auffi
par une défiance trop naturelle , ne préfen-
terai-je dans mon cours , quelques dialogues
de ce genre, que pour indiquer le parti qu'on
en peut tirer , parce que les confeils d'une

critique éclairée & fur-tout les productions des Ecrivains verfés dans l'Hiftoire, qui daigneront s'unir à mon travail, acheveront de le perfectionner.

Cette maniere de traiter l'Hiftoire, a tout l'air d'un paradoxe; mais qu'on en faffe l'effai, & je fuis affuré d'être bientôt juftifié.

De même que dans mes fables, les jeunes gens y prendront auffi la place des perfonnages, & alors chacun, tel que dans une converfation animée, expofera fes motifs, avouera naturellement fes crimes ou fes erreurs, ou tâchera de fe difculper aux yeux de la poftérité & de prouver qu'il mérite le tribut d'éloges que les faftes de fa nation auront cru devoir lui accorder.

Le plan que je propofe peut s'appliquer, non feulement de Souverain à Souverain; mais auffi à tous les grands Hommes qui ont eu part à l'adminiftration fous les différens regnes, les Généraux, les Miniftres, les Savans mêmes peuvent être oppofés l'un à l'autre & mis en action.

C'eſt ainſi que commençant par les tems les plus reculés, & que faiſant l'analyſe des différens peuples, de leurs mœurs & de leur gouvernement, nous arriverons graduellement à l'hiſtoire de nos jours. C'eſt ainſi, dis-je, que par un enchaînement d'époques & de faits bien notifiés, nous aurons un tableau général & varié de l'homme & de ſes actions enviſagées ſous tous les points hiſtoriques depuis les ſiecles connus juſqu'à nous.

Nous avons, j'en conviens, quelques paralleles particuliers & faits par de très-habiles Écrivains ; mais ces ſortes d'eſquiſſes jetées à grands traits, n'offrent, pour ainſi dire, qu'un inſtant, au lieu qu'ici ce ſera l'expoſition complette des faits principaux de tout un regne & de la vie entiere de chaque perſonnage. Au reſte, ce travail ſe développera de lui-même & prendra une véritable conſiſtance, à meſure qu'il avancera.

Le dialogue plus naturel & plus animé que les queſtions par demandes & par réponſes, a l'avantage d'inculquer dans l'eſprit plus sûrement les choses. L'enfant se ressouvient mieux de ce qu'il apprend comme en conversant, parce qu'alors c'est lui qui parle & non le livre. Joignez à cela que le geste & la voix de son interlocuteur, lui font une impression bien plus vive, & qu'il écoute avec plus d'attention ce qu'on lui dit, lorsqu'il doit y répondre dans les termes d'une discussion qui semble lui appartenir.

Pour rendre plus fructueuse cette nouvelle maniere de cultiver la mémoire, on pourroit obliger les jeunes gens à changer alternativement de personnages ; par ce moyen ils sauroient le morceau d'histoire en entier, & parviendroient plus facilement à acquérir les différentes inflexions propres au récit.

Je m'attacherai aussi dans mon cours à rassembler par ordre, les fables qui frappent particuliérement sur les défauts les plus ordinaires aux jeunes gens, & sur-tout sur les vices & les travers dont la société a plus lieu de se plaindre. Toutes celles qu'on a données jusqu'à présent, n'ont point été classées de maniere à former un corps de morale

par chapitre ; c'eſt un mélange dans lequel
il faut faire un choix : ici je me trouverai à
même de faire un recueil particulier & je
le fournirai à la fin de chaque année.

Meſſieurs les Inſtituteurs , ainſi que les
parens, pourront profiter de mon cours pour
exciter l'émulation des enfans , & les faire
jouir d'une récompenſe méritée en leur montrant leurs noms inſcrits avec éloge , & ſur-
tout leurs bonnes actions miſes au jour, de
même ceux qui ſe feront rendus coupables
de quelques méchancetés ou de quelques
vices , auront la honte de s'y voir dépeints
dans un conte , une fable ou une allégorie,
& dont on pourra particuliérement , ayant
le mot de l'énigme , leur faire l'application.
Par ce moyen ce cours deviendra un prix
d'émulation pour les bons, & un épouvan-
tail pour les méchans.

Il eſt aiſé de voir combien cet ouvrage ,
enviſagé ſous ce point de vue , peut être
intéreſſant pour tous les colléges , penſions
& inſtructions particulieres. MM. les Pro-
feſſeurs , Maîtres - ès - Arts , généralement
toutes

toutes perſonnes qui font profeſſion d'inſtruire
la jeuneſſe dans les ſciences , ou les arts ,
même de pur agrément , pourront diſpoſer
de mon cours pour faire part au Public de
tout ce qui peut les intéreſſer eux-mêmes ,
ou devenir favorable à leur inſtruction , ſoit
en nous adreſſant les nouvelles propoſitions
qu'ils auront à faire , leur changement de
demeure & les places qu'ils voudront occuper , ſoit en nous faiſant part de tout ce qui
ſe paſſera d'agréable & d'intéreſſant parmi
leurs jeunes éleves , & qui méritera l'attention du Public.

Une réflexion que je ſuis forcé de faire ,
& à laquelle je ſouris avec quelque dépit :
c'eſt que ſûrement il paroîtra ſingulier qu'un
travail auſſi important que celui que je pro-
poſe ſoit annoncé par une auſſi foible brochure ; en effet , c'eſt en quelque ſorte faire
ſervir pour frontiſpice d'un temple majeſ-
tueux , le periſtile d'un pavillon chinois.
J'en ſens tout le ridicule ; mais aujourd'hui
il eſt ſi difficile d'attirer l'attention du Public,
& ſur-tout de déterminer un Libraire à ſe-

b

conder un travail folide & vraiment utile,
que j'oferois prefque dire que je me fuis vu
fur le point de mettre mes propofitions en
vaudevilles, pour les faire accepter. J'ignore
de quel côté eft le tort, ou la bizarrerie, ou
plutôt je le fais parfaitement ; mais ce n'eft
pas ici l'inftant d'étaler une morale tant de
fois rebattue fur la futilité. Il me fuffit de fa-
voir qu'il exifte nombre de bons efprits qui
préferent la raifon à la frivolité ; il s'agit
feulement de pouvoir s'en faire entendre &
malheureufement il faut fouvent pour cela,
fe foumettre à faire une fottise : c'eft-à-dire,
fe fervir en quelque forte de la marotte &
du mafque de la folie pour attirer les fpec-
tateurs & leur faire écouter les confeils de la
fageffe. C'eft même le feul moyen de fixer
l'irréfolution de certains Libraires. Ce que j'a-
vance ici a l'air d'une extravagance ; mais
c'eft aux auteurs, qui tous les jours font ex-
pofés à un pareil ridicule, à répondre pour
moi. Je fuis même dans ce moment tellement afservi à cette loi qu'il faut, dit-on,
pour donner une certaine étendue à cette bro-

chûre & la rendre plus piquante, car voilà le terme à la mode, que j'y infere quelques pieces fugitives ; va donc pour les pieces fugitives, elles deviendront ce qu'elles pourront, puifque ce font la plupart des enfans vagabonds de ma jeuneffe dont le fort m'intéreffe affez foiblement.

J'efpere néanmoins qu'on ne me jugera point avec rigueur, parce qu'en effet, jufqu'à préfent, je n'ai exercé mes loifirs fur ces bagatelles que pour moi-même, j'avoue cependant que j'ai été plufieurs fois tenté de les mettre au jour ; mais effrayé des fuites, & & bientôt refroidi fur les beaux projets de mon imagination, j'ai laiffé là l'ouvrage & la fatisfaction que j'en attendois.

Quelle eft donc cette incertitude, cette mobilité de fentimens dont l'homme eft fi fouvent le jouet dans la plupart des actions de fa vie ? Animé, plein d'ardeur, il fe livre d'abord aux charmes féducteurs d'une entreprife qui rit à fon imagination ; à peine eft-elle commencée qu'il change d'idée, ou qu'il fe décourage & l'abandonne !

b 2

Pourquoi auſſi, lorſque ne ceſſant d'étudier & de méditer pour mériter la gloire d'être auteur, balance-t-on de s'avouer hautement ? ou ſe ſent-on troublé par une honte ſecrete, comme ſi vraiment cette qualité tant deſirée étoit un ridicule ? Eſt-ce par modeſtie ? Eſt-ce par un aveu de ſa médiocrité ? Non, cette crainte eſt preſque toujours l'effet d'une délicateſſe que l'amour-propre inſpire à tout homme ſenſé, qui redoute la réputation d'un littérateur futile, ſur-tout lorſqu'il ne ſe préſente d'abord, qu'avec des ouvrages compoſés par délaſſement, ou pour les plaiſirs paſſagers de la ſociété.

Le plus ſage parti, ſans doute, ſeroit de les garder pour ſoi ; mais cette prudence courageuſe eſt un de ces efforts dont peu d'écrivains aient à ſe glorifier. C'eſt même ce foible ſi naturel qui aveugle juſqu'aux auteurs du plus grand mérite.

Si quelqu'ouvrage médiocre échappe à leur plume, ils l'apprécient d'abord à ſa juſte valeur ; mais inſenſiblement l'amour paternel en pallie les défauts, & il ne le regarde plus comme indignes de voir le jour. Souvent même on en a vu donner obſtinément la préférence à des morceaux bien inférieurs à ceux qui aſſuroient leur réputation.

Voilà donc, pourquoi, il eſt ſi difficile à tout homme qui écrit, de triompher de la tentation de ſe faire imprimer ; il élude bien pendant quelque tems, il eſt en quelque ſorte perſuadé du danger qu'il court, & cependant il finit par s'y livrer. Semblable à ce penchant impérieux, qui, malgré la raiſon, nous fait céder aux charmes ſéducteurs d'une beauté, dont les caprices & ſouvent même les travers augmentent encore le pouvoir qu'elle exerce ſur nous.

Quel auteur en effet, je le répete, eſt aſſez ſage pour ſe défier des mépriſes où peuvent le jeter, les égards ou la complaiſance ? Il a vu ſourire à ſes ouvrages, des perſonnes qui paſſent pour avoir un tact ſûr, & le goût exercé, pluſieurs même ont bien voulu lui en faire des complimens, en voilà aſſez pour le perſuader qu'ils ne ſont point indignes de paroître en public.

J'étois donc tenté , pour tâcher d'obtenir
un jugement favorable fur mes foibles talens,
de joindre ici quelques autres pieces de
Théatre travaillées avec tout le foin dont je
fuis capable ; mais avant que de les livrer à
l'impreſſion , je veux encore les méditer,
parce qu'au moins, ſi celles que je me pro-
poſe de mettre au jour inceſſamment ne font
point accueillies , je croirai n'avoir été condamné que ſur des bagatelles , & il me reſ-
tera l'eſpoir de me préſenter plus avanta-
geuſement , car c'eſt encore là une de ces
conſolations que l'amour-propre tient en ré-
ſerve pour gens de notre eſpece.

Mille pardons , mes amis , ſi je ne place point
ici tous les vers , que vous m'avez inſpirés,
l'amitié eſt un ſentiment bien cher à mon
cœur ; mais le Public s'intéreſſe ordinairement fort peu à ces ſortes d'épanchemens,
qui ſouvent n'offrent rien de piquant , que
pour ceux auxquels ils s'adreſſent. D'ailleurs
nous avons dans ce genre , dés ouvrages ſi
agréables & ſi intéreſſans qu'il y auroit trop
à perdre à la comparaiſon.

Cependant , j'ai cru ne pas devoir né-
gliger cette occafion de raffembler les témoi-
gnages d'amour & de refpeȼt que j'ai rendus,
dans tous les tems, à nos auguftes Souverains. Il eft toujours agréable , pour un
fujet zélé & fidele , de donner des preuves
authentiques de fes fentimens , fur-tout lorfque fon expreffion devient l'écho même de
toute la nation. Je m'y fuis d'autant plus
déterminé, que plufieurs de ces pieces ont
été horriblement défigurées en paffant des
mains de quelques particuliers dans celles des
Libraires , c'eft auffi ce qui eft arrivé relati-
vement à quelques autres ouvrages que je
préfente de nouveau.

Heureux fi après toutes ces belles réflexions,
je ne fuis point dans le cas de ces coquettes
qui font affez fouvent une toilette inutile , &
ne vont aux promenades que pour être cri-
tiquées ; fi cet accident arrive , je le regar-
derai comme un avis, & ne m'aviferai pas,
fur-tout, de répliquer par des facarfmes ,
qui , fans rendre l'ouvrage meilleur , dés-

honorent l'Ecrivain. D'ailleurs, je suis heureusement dans le cas de dire :

Malheur , quand d'un Auteur la sotte vanité
Lui fait abandonner quelque travail utile.
L'infortune l'assiege & la Société
A droit de le traiter comme un membre futile.
Conserver son état, bien remplir son devoir,
C'est la premiere loi que la raison impose.
Le Sage se délasse en tenant l'arrosoir,
Et fait cueillir des fruits en cultivant la rose.

LES FABLES
MISES EN ACTION.

FABLE PREMIERE.
LA CIGALE ET LA FOURMI.

(*Eléonore est au milieu de sa famille.*)

UNE TANTE.

Mais où est donc Julie ?

ELÉONORE, *sur la pointe du pied, à demi-voix.*

Elle ne sait pas encore son rôle.

LA TANTE.

Comment ! mais je crois, ma bonne amie, que tu dis cela avec un peu de malice ?

A

ELÉONORE.

Moi ? point du tout, ma tante, c'est que je sais
bien le mien.

LA TANTE.

Tu vois, mon enfant, voilà de l'amour-
propre ; tu te vantes d'avance du triomphe que tu
esperes avoir sur Julie.

ELÉONORE.

Mais n'est-ce pas juste, puisque j'ai bien appris ?

LA TANTE.

Non, il ne sied jamais de se flatter soi-même.
Tu passerois pour une orgueilleuse, & tu perdrois
l'avantage de la victoire.

ELÉONORE.

C'est vrai, ma tante, j'avoue mon tort : je n'y
retomberai plus, je vous assure.

LA TANTE.

Bien, ma bonne amie, embrasse-moi ; cet aveu
répare tout. Ne rougis donc jamais de convenir de
tes fautes, & sur-tout sois convaincue que
la modestie releve les talens & qu'elle nous fait
aimer & admirer davantage.

ELÉONORE.

Ah ! voilà ma sœur : je la vois.

LA TANTE.

Je suis sûre qu'elle sait son rôle, & que ce n'est que par timidité qu'elle n'osoit pas venir. Viens, Julie, viens, mon enfant, un peu de hardiesse.

JULIE.

Ah ! ma tante, je serois si honteuse ! Que ma sœur est donc heureuse d'avoir tant de mémoire !

LA TANTE.

Tu en as aussi : d'ailleurs je suis là , je te soutiendrai : allons , Eléonore , c'est à toi à commencer.

SCENE PREMIERE.

LA CIGALE.

J'AI chanté
Tout l'été ;
Mais la bise est survenue,
Et me voilà dépourvue :
Pas un seul petit morceau
De mouche ou de vermisseau :
Si j'allois crier famine
Chez la Fourmi, ma voisine ?
La voici justement : faisons-lui notre cour.

SCENE II.

LA CIGALE.

EH ! bon jour, ma chere amie.

LA FOURMI.

Bon jour, voisine, bon jour.

LA CIGALE.

Un moment donc, je vous prie ;
Voulez-vous bien me prêter
Quelques grains, pour subsister
Jusqu'à la saison nouvelle ?
Je vous en paîrai, la belle,
Avant l'Oût, foi d'animal,
Intérêt & principal.

LA FOURMI.

Non, je ne suis point prêteuse,
C'est là mon moindre défaut.
Que faisiez-vous au tems chaud,
Ma voisine l'emprunteuse ?

LA CIGALE.

Nuit & jour, à tout venant
Je chantois, ne vous déplaise.

LA FOURMI.

Vous chantiez ! j'en suis fort aise.
Eh ! bien, dansez maintenant.

LA CIGALE.

Ah ! Dieux ! que vais-je donc faire
Dans cette triste saison ?

LA FOURMI.

Vous qui craignez la misere,
Profitez de la leçon.

LA TANTE.

Eh ! bien, Eléonore, qui de vous deux a le
mieux répété ?

ÉLÉONORE.

C'est Julie : je l'avoue.

LA TANTE.

Tu vois donc bien, mon enfant, qu'il ne faut
jamais se vanter. Actuellement écoutez-moi, je

A 3

vous ai expliqué le sens de cette fable ; que veut-elle dire ?

ÉLÉONORE.

Qu'au lieu de perdre tout son tems à chanter, danser & à s'amuser à des bagatelles , il valoit mieux profiter de sa jeunesse, & amasser de quoi vivre & se faire soulager dans la vieillesse.

LA TANTE.

Justement.

JULIE.

Que si après avoir perdu son tems, on compte sur les services de ceux qui ont été plus sages, on reste souvent sans secours, parce qu'ils vous répondent comme la Fourmi fait à la Cigale.

LA TANTE.

Oui , mes enfans, c'est ce qui arrive presque toujours : cependant que pensez-vous de la Fourmi ?

ÉLÉONORE.

Qu'elle est un peu trop inhumaine ; car enfin, la Cigale est bien malheureuse.

JULIE.

Pour moi , je crois que je n'aurois pas le cœur si dur.

LA TANTE.

Tu as raison, ma Julie, il faut être charitable; mais néanmoins ne pas autoriser la paresse par trop de bonté, car fi la Cigale eſt encore jeune & en état de travailler, on pourra l'aider, pour le moment, dans ſa miſere, mais lui faire une ſi bonne leçon qu'elle ne s'expoſe plus à tomber dans le même cas.

ELÉONORE.

Mais, ma tante, ſi la pauvre petite bête eſt vieille & infirme, & qu'elle ne puiſſe plus rien faire ?

LA TANTE.

Oh ! alors ; c'eſt un grand malheur. Il faut par humanité oublier ſes folies & tâcher de l'aider à terminer ſes jours le plus doucement qu'il eſt poſſible.

JULIE.

Auſſi, tenez, ma tante ; je vais vous dire une choſe : vous ſavez bien cette demoiſelle ſi âgée qui vient ici d'un air ſi humble, & que vous faites entrer dans votre cabinet ?

LA TANTE.

Oui : Eh ! bien ?

JULIE.

Quand je la vois, elle me fait tant de peine, que je voudrois pouvoir lui faire quelque préſent en cachette, car même elle rougit pour peu qu'on la regarde ſeulement,

A 4

LA TANTE.

C'eſt qu'elle a été à ſon aiſe autrefois ; mais elle a fait comme la Cigale.

JULIE.

Elle n'avoit donc pas appris cette fable?

LA TANTE.

Si fait ; mais comme un perroquet , ſans la comprendre.

ÉLÉONORE.

Il falloit donc la lui expliquer.

LA TANTE.

C'étoit une folle , une étourdie qui n'écoutoit jamais ; malgré cela , j'aime à lui rendre ſervice.

JULIE.

Ohbien ! nous, ma tante, nous tâcherons de profiter de toutes les fables que vous nous faites comprendre.

ELÉONORE.

Oui , ſûrement , car ce ſont des leçons bien amuſantes & bien utiles que des fables.

LA TANTE.

Allons , mes enfans , actuellement nous pouvons goûter.

Nota : Ce petit dialogue eſt ſeulement pour faire voir comment on peut amener chaque fable, & en traiter avec les enfans. Je laiſſe donc la liberté à ceux qui voudront faire uſage de cette maniere, d'employer le dialogue qu'ils jugeront à propos. Cela dépend des circonſtances ; mais il eſt toujours bon, comme on voit, de revenir ſur le vrai ſens de la fable & d'en faire l'application.

FABLE II.

LE CORBEAU ET LE RENARD.

LE RENARD.

QUE fens-je ? quelle odeur parfume ce bocage ?
    Ah ! le friand morceau !
    J'apperçois un fromage.
    Hé ! bon jour, Monfieur du Corbeau ;
Que vous êtes joli, que vous me femblez beau !
    Sans mentir, fi votre ramage
    Se raporte à votre plumage,
Vous êtes le Phénix des hôtes de ces bois.

LE CORBEAU.

Oui-dà, j'ai de la voix (1).

LE RENARD, *fautant fur le fromage.*

Fort bien ! chantez : cet air-là me ragoûte.
    Mon bon Monfieur,
    Apprenez que tout flatteur
Vit aux dépens de celui qui l'écoute.
Cette leçon vaut bien un fromage, fans doute ?

___

(1) L'enfant qui fait le corbeau eft élevé au-deffus d'un paravant ou d'un écran. Il tient entre fes dents un morceau de carton liffe qu'il laiffe tomber.

LE CORBEAU.

C'est vrai ; mais, Monsieur le fripon ;
Un flateur quelquefois est puni du bâton.

LE RENARD,

En attendant j'ai toujours le fromage :
Et si j'ai tort, soyez aussi plus sage.

FABLE III.

LE LOUP ET LE CHIEN.

LE LOUP.

Qu'est-ce que j'apperçois, n'est-ce pas un mouton ?
Non, ma foi ! c'est un dogue & d'une belle taille,
N'hasardons pas la bataille,
Parlons-lui seulement... Bon jour, Monsieur Pluton,
Quel embonpoint ! je vous admire.

LE CHIEN.

Il ne tiendra qu'à vous, beau Sire;
D'être aussi gras que moi.

LE LOUP.

Comment ? Par quel moyen ?

LE CHIEN.

Quittez les bois, vous ferez bien.
Vos pareils y sont misérables,
Cancres, heres & pauvres diables,

Dont la condition est de mourir de faim.
Car, quoi! rien d'assuré, point de franche lipée,
Tout à la pointe de l'épée:
Suivez-moi, vous aurez un bien meilleur destin.

Le Loup.

Encor que me faudra-t-il faire?

Le Chien.

Presque rien, mon ami: donner la chasse aux gens
Portant bâtons, & mandians,
Flater ceux du logis, à son maître complaire;
Moyennant quoi, votre salaire
Sera force reliefs de toutes les façons,
Os de poulets, os de pigeons,
Sans parler de mainte caresse.

Le Loup.

Ah! mon ami, j'en pleure de tendresse.
Quelle chere! partons. Mais! ton col est pelé!
Qu'est-ce cela?

Le Chien.

Rien.

Le Loup.

Quoi! rien?

Le Chien.

Peu de chose.

Le Loup.

Mais encor?

Le Chien.

Le collier dont je suis attaché,
De ce que vous voyez est peut-être la cause.

Le Loup.

Attaché ! vous ne courez donc pas
Où vous voulez ?

Le Chien.

Pas toujours ; mais qu'importe ?

Le Loup.

Il importe si bien, que de tous vos repas
Je ne veux en aucune sorte,
Et ne voudrois pas même à ce prix un trésor.
(*Il se sauve.*)

Le Chien.

De fait la liberté vaut cent fois mieux que l'or ;
Mais lorsqu'on est fidele & qu'on sert un bon maître ;
On jouit ici bas encor d'un meilleur sort,
Que d'être un vagabond ennuié de son être,

FABLE IV.

LA GENISSE, LA CHEVRE ET LA BREBIS, *en société avec* LE LION.

SCENE PREMIERE.

LA CHEVRE, LA GENISSE ET LA BREBIS.

LA CHEVRE.

TOUTE chétive que je fois,
Je veux prouver au Seigneur Roi,
Que notre pact lui fera favorable,
Dites-lui donc qu'un cerf confidérable
Eft dans mes lacs, qu'on n'attend plus que lui.

LA BREBIS.

Vous le voulez ?... mais tenez, le voici.

SCENE II.

LE LION, *les Précédentes.*

LE LION.

OUI, mes enfans, j'ai vu votre capture;

(*Il la fait paroître.*)
Pour qu'on n'ait point de tablature,
J'en ai même déja formé les quatre parts.
Voyons, d'abord, en qualité de Sire,
La premiere est à moi : cela, par la raison
Que je m'appelle Lion.

(*Il prend les parts succeffivement.*)

T O U S, *enfemble.*

Sur ce, nous n'avons rien à dire.

L E　L I O N.

La feconde, par droit, me doit écheoir encor.
Ce droit, vous le favez, c'est le droit du plus fort.
Comme le plus vaillant, je prétends la troifieme.
Si quelqu'une de vous touche à la quatrieme,
Je l'étranglerai tout d'abord.

(*Il emporte les parts.*)

_____

S C E N E　I I I.

LA CHEVRE, LA GENISSE, LA BREBIS.

L A　B R E B I S.

Mes fœurs, avois-je tort d'être auffi raifonnable ?

L A　C H E V R E.

Non, par ce trait nous voyons bien
Qu'on ne doit prudemment s'unir qu'à fon femblable ;
Si l'on veut vivre en paix & jouir de fon bien.

FABLE V.

LE RAT de ville & LE RAT des champs.

LE RAT de ville.

Vois, mon ami, quelle richesse !
N'ai-je pas l'air d'un petit Roi ?

LE RAT des champs.

Tout est fort beau, j'en conviens avec toi ;
Mais je ne sais, je sens de la tristesse ;
Enfin, voyons.... Parlons de ton festin.

LE RAT de ville.

Oui, prenons place & mettons-nous en train :
Que penses-tu de ce fromage ?

LE RAT des champs.

Il est très-bon... mais j'entends du tapage.

LE RAT de ville.

Vîte, suis-moi dans ce boudoir.
(Il écoute.)
Mais non, restons ; c'est une peur panique
Continuons.

LE RAT des champs.

Non , demain ; viens me voir :
Ce n'est pas que je me pique

D'aussi bien te recevoir ;
Mais rien ne me vient interrompre.
Je mange tout à loisir.
Adieu donc, si du plaisir
Que la crainte peut corrompre !

(Il s'en va.)

LE RAT de ville.

Il a ; ma foi ! raison ; vive la liberté :
Adieu donc à mon tour, Madame la Cité.

FABLE VI.

LE LOUP, L'AGNEAU ET LE DOGUE.

L'AGNEAU.

Ou trouverai-je à me désaltérer ?
Ah ! j'apperçois une onde pure.

LE LOUP.

Bon ! profitons de l'aventure,
Robin mouton, je vais vous dévorer.
Qui te rend si hardi de troubler mon breuvage ?

L'AGNEAU.

Moi ! Sire ?

LE LOUP.

Oui, toi, malgré ton doux langage ;
Tu seras châtié de ta témérité.

L'AGNEAU

L'AGNEAU.

Que votre Majesté
Ne se mette pas en colere,
Et considere,
Que je vais me désaltérant
Dans le courant
Plus de vingt pas au-dessous d'elle,
Et que par conséquent, en aucune façon,
Je ne puis troubler sa boisson.

LE LOUP.

(*A part.*)

Tu la troubles, faquin... mais changeons de querelle.
(*Haut.*)
De moi tu médis l'an passé.

L'AGNEAU.

Comment l'aurois-je fait, si je n'étois pas né ?
Je tette encor ma mere.

LE LOUP.

Si ce n'est toi, c'est donc ton frere ?

L'AGNEAU.

Je n'en ai point.

LE LOUP.

C'est donc quelqu'un des tiens ;
Car, vous ne m'épargnez guere,
Vous, vos bergers & vos chiens ;
On me l'a dit ; il faut que je me venge.

B

L'Agneau.

Seigneur, de grace, épargnez-moi :
Je suis très-innocent.

Le Loup.

Je le sais comme toi,
Malgré tout, je te mange.
Je ne connois pas d'autre loi.
(*Il s'empare de l'Agneau.*)

L'Agneau.

Hélas ! Maman le disoit tout-à-l'heure :
La raison du plus fort est toujours la meilleure.

Le Dogue, *saisissant le Loup.*

Non, mon ami, je prétends te venger;
Et du méchant voilà la récompense.
S'il croit impunément pouvoir vous outrager;
S'il abuse de sa puissance;
Tôt ou tard il se trouve un dogue comme moi,
Qui sait ou le punir, ou lui faire la loi.

FABLE VII.

LE RENARD ET LA CICOGNE.

Le Renard.

AH! c'est vous, commere cicogne?
Vous venez à propos, je veux vous régaler.

LA CIGOGNE.

Comment ! c'eſt fort galant.

LE RENARD, *mettant de la bouillie ſur une aſſiette.*

Mettons-nous en beſogne.

LA CIGOGNE.

Un moment donc, j'aurois à vous parler.

LE RENARD.

Oui, oui, je vous entends ; allez toujours mignone ;
Et ne prenez pas garde à moi.

LA CIGOGNE, *à-part.*

Oui-dà, j'aurai mon tour où tu diras pourquoi.

LE RENARD.

Eh ! bien, quoi ! vous perdez courage ?

LA CIGOGNE.

Ce mêt, quoique fort bon n'eſt pas trop de mon goût.
Je n'en veux pas davantage.

LE RENARD.

Tant pis, moi je l'aime beaucoup.

LA CIGOGNE.

Je le vois, mais pourtant je fais mieux la cuiſine.
Voulez-vous en tâter ?

LE RENARD.

Très-volontiers, voisine ;
Un bon repas
Ne se refuse pas.

LA CICOGNE.

Voyons, entrons, c'est ici ma demeure.
Nous serons servis tout-à-l'heure.

LE RENARD.

La peste ! quel fumet !
Mais, qu'est-ce une bouteille ?

LA CICOGNE.

Allons, voisin, vous êtes un gourmet :
Faites merveille
Et ne prenez pas garde à moi.

LE RENARD, à part.

Maudit soit la carogne !

LA CICOGNE.

Ami, sans nous fâcher, apprends de la Cigogne
Qu'on rencontre toujours tout aussi fin que soi ;
Et que qui fait du mal, mal à son tour reçoit.

FABLE VIII.

LES DEUX AMIS.

DAMON.

Hola! hé! paresseux, qui dormez de la sorte;
Dépêchez, ouvrez-moi;
Votre maître est chagrin.

ARISTE, *venant au-devant de Damon.*

Ami, qui vous transporte;
Et d'où vient cet effroi?
Je vous connoissois homme
A mieux user du tems destiné pour le somme.

DAMON.

Il est vrai qu'aussi tard je cours volontiers peu,
Mais....

ARISTE.

Auriez-vous perdu tout votre argent au jeu?
En voici: s'il vous est venu quelque querelle,
J'ai mon épée, allons; vous ennuyez-vous poin:
De coucher toujours seul? Une esclave assez belle
Etoit à mes côtés, voulez-vous qu'on l'appelle?

DAMON.

Non, mon ami, ce n'est ni l'un ni l'autre point;
Je vous rends grace de ce zele.

B 3.

Vous m'êtes, en dormant, un peu triste apparu ;
J'ai craint qu'il ne fût vrai, je suis vîte accouru :
   Ce maudit songe en est la cause.

ARISTE *lui prend la main.*

Qu'un ami véritable est une douce chose !

DAMON.

Il cherche vos besoins au fond de votre cœur ;
   Il vous épargne la pudeur
   De les lui découvrir lui-même.

ARISTE.

   Un songe, un rien, tout lui fait peur,
   Quand il s'agit de ce qu'il aime.

FABLE XIX.

LA GRENOUILLE, *qui veut se faire aussi grosse qu'un Bœuf*

1re. GRENOUILLE.

MALGRÉ que je ne sois pas p'us grosse qu'un œuf,
Je gage que je m'enfle au degré de ce bœuf.
Regardez bien, ma sœur, est-ce assez ?

2e. GRENOUILLE.

                Pas encore.

1ᵗᵉ GRENOUILLE.

M'y voici donc ?

2ᵉ GRENOUILLE.

Point du tout.

1ᵗᵉ GRENOUILLE.

M'y voilà ?

2ᵉ GRENOUILLE.

Vous n'en approchez point.

1ᵗᵉ GRENOUILLE.

Je fuis une pecore,
Si je n'y viens de ce coup-là.

(*Elle tombe morte.*)

2ᵉ GRENOUILLE.

O Ciel ! quoi ! la voilà crevée ?
Elle avoit bien besoin de pareille corvée ?

Profitez, envieux, laissez-là les grandeurs.
Le monde est plein de gens qui ne sont pas plus sages :
Tout bourgeois veut bâtir comme les grands Seigneurs :
Tout petit Prince a des Ambassadeurs :
Tout Marquis veut avoir des Pages.

B 4

FABLE X.

CONSEIL TENU PAR LES RATS.

Le Doyen des Rats.

Alerte, mes amis, profitons de l'abfence
De ce brigand de Rodillard.
Vous connoiffez fa vigilance ;
Et combien nous en veut ce maudit égrillard,

Les Rats.

Oui, nous favons auffi quelle eft votre prudence.
Parlez, Monfieur, parlez, fervez notre vengeance;

Le Doyen.

J'opine, donc, qu'il faut, & plutôt que plus tard ;
Attacher un grelot au col du papelard.
Alors, dès qu'il viendra pour nous faire la guerre.
Nous l'entendrons.

Les Rats.

Bravo ! L'avis eft falutaire.
Vive notre Doyen !

Le Doyen.

Oui, Meffieurs, je le dis, il n'eft que ce moyen;
Voyons donc qui de nous aura la hardieffe
D'attacher ce grelot.

Un Rat.

Moi, je n'ai pas affez d'adreffe.

UN AUTRE RAT.

Pour moi, je n'y vais pas, je ne suis pas si sot,

LE DOYEN.

Ah ! que ne suis-je encore dans ma verte jeunesse !
Ce seroit bientôt fait, je ne serois qu'un saut ;
    Mais je vois bien, ainsi que chez les moines,
      Voir chapitres de chanoines,
    Que longuement j'aurois beau pérorer
On en restera là.

UN RAT.

    Monsieur, c'est qu'on raisonne.
Ne faut il que délibérer ?
La Cour en Conseillers foisonne.
Est-il besoin d'exécuter ?
    Ma foi ! l'on craint pour sa personne ;
Et vous-même n'osez attacher ce grelot.

LE DOYEN.

C'est vrai ; mais sauvons-nous, le chat vient au galop.

FABLE XI.

LA BESACE.

JUPITER.

Que tout ce qui respire,
S'en vienne comparoître aux pieds de ma grandeur.

Si dans son composé quelqu'un trouve à redire;
Il peut le déclarer sans peur,
Je mettrai remède à la chose.
Venez, Singe, parlez le premier & pour cause.
Voyez ces animaux, faites comparaison
De leurs beautés avec les vôtres.
Etes-vous satisfait?

LE SINGE.

Moi, Seigneur? Pourquoi non?
N'ai-je pas quatre pieds aussi bien que les autres?
Mon portrait jusqu'ici ne m'a rien reproché;
Mais pour mon frere l'Ours, on ne l'a qu'ébauché.
Jamais, s'il me veut croire, il ne se fera peindre.

L'OURS.

La raison, s'il vous plaît? qu'ai-je lieu de me plaindre?
Je suis adroit & fort: vêtu fort chaudement,
Et marche, vous voyez, comme un maître de danse.
Par exemple, parlez de Monsieur l'Eléphant;
Voyez un peu sa large panse,
Et comme il fait le triomphant
Avec sa mince queue & ses larges oreilles.
C'est une masse informe & sans beauté.

L'ELÉPHANT.

Mon ami, trouvez-moi quelques bêtes pareilles
Qui soient de plus d'utilité.
Je suis gros, j'en conviens; mais ma sœur la Baleine
L'emporte assurément, c'est un vrai monstre enfin.

LA BALEINE

Moi! je suis le bijou de la liquide plaine.

JUPITER.

De ces débats je prévoyois la fin.
Vous êtes donc contens de vos cheres personnes.
Fort bien ; voyons le genre humain
Non, les femmes s'entend, car elles sont si bonnes
Qu'elles n'ont jamais su médire du prochain.
A vous, Mathieu Lænsberge.

L'ASTROLOGUE.

Seigneur, je vous assure.
Que je suis satisfait de mon profond savoir ;
Les procédés de la Nature
Seroient bientôt connus si l'on vouloit les voir
A travers mes seules lunettes ;
Mais chacun aujourd'hui
A son système & ses lorgnettes ;
Et veut qu'on pense comme lui.

JUPITER.

C'est vraiment grand dommage.
Et toi, Pierrot, es-tu content de toi ?

PIERROT.

Mais oui, Seigneur, je suis le coq de mon village :
Et le moulin ne moudroit pas sans moi,
Il iroit mieux encor, si moins ladre & bizarre
Mon maître sous trois clefs ne serroit son argent.

LE MEUNIER.

Ah ! langue de Serpent !
Quoi ! tu traites d'avare,

Un homme qui prévient
La guerre & la famine ?
C'eſt à ce Procureur, à ſa maigre cuiſine ;
Que ce reproche-là convient.

Le Procureur.

Seigneur, vous l'entendez, vous m'en ferez juſtice.
Je pourrois ſur ceci lui faire un bon procès ;
   Mais en dépit de mon office,
Et bien moins extendeurs que d'autres pour les frais ;
Je m'en tiens à l'amende, où je l'aſſigne exprès.

          (*Il tend la main.*)

Arlequin *le frappe de ſa batte,*

On eſt ici gratis : à bas les mains impures

Jupiter,

   Arlequin a raiſon.
Et, comme ſon habit, parmi vous, les figures
Ont, ainſi que l'eſprit cent folles bigarrures.
Tel enfin ſe croit ſage ou vante ſa maiſon,
Qui ſouvent n'eſt qu'un fat ou le plus fou des hommes.

Un Petit-Maître.

Comment ! ceci s'adreſſe à tous tant que nous ſommes ?

Jupiter.

Oui, voilà votre lot : Jupiter, mon ami ;
Vous créa beſaciers tous de même maniere ;
Tant ceux du tems paſſé que du tems d'aujourd'hui.
Il fit pour vos defauts la poche de derriere,
Et celle de devant pour les défauts d'autrui,

L'Astrologue.

En ce cas-là, je commence à comprendre
Que le plus sage a toujours tort,
Et qu'avant de juger il est bon de se prendre
Le bout du nez & de le serrer fort.

Pierrot.

Au diable de l'avis, j'ai le nez trop sensible.
(*Au Public.*)
A vous, Messieurs : voyez si le fait est possible.

FABLE XII.

LE SINGE ET LE LÉOPARD, BATELEURS.

Le Léopard.

Messieurs, mon mérite & ma gloire
Sont connus en tout lieu, le Roi m'a voulu voir ;
Et si je meurs, il veut avoir
Un manchon de ma peau, tant elle est bigarrée,
Pleine de taches, marquetée
(*Il se retourne.*)
Et vergetée & mouchetée.
Entrez, Messieurs, entrez : ça se voit sur le champ.

Le Singe.

Pour moi, Messieurs, je fais cent tours de passe-passe ;
Croyez-moi, c'est chez nous qu'on rit, qu'on se délasse.
Cette diversité dont on vous parle tant,

Mon voisin Léopard l'a sur lui seulement.
Moi, je l'ai dans l'esprit. Votre serviteur Gille,
  Cousin & gendre de Bertrand,
  Singe du Pape, en son vivant,
  Tout fraîchement en cette ville
Arrive en trois bateaux, exprès pour vous parler :
Car il parle, on l'entend, il sait danser, baler,
  Faire des tours de toute sorte,
   (*Il fait des gambades.*)
Passer en des cerceaux ; & le tout pour six blancs.
Non, Messieurs, pour un sou. Si vous n'êtes contens,
Nous rendrons à chacun son argent à la porte.

LE LÉOPARD.

 Peste ! chez lui comme on s'y porte !
Il a, ma foi ! raison ; ce n'est pas sur l'habit
Que la diversité vous plaît, c'est dans l'esprit.
L'une fournit toujours des choses agréables,
L'autre en moins d'un moment, lasse les regardans.
Oh, que de grands Seigneurs, à moi-même semblables ;
  N'ont que l'habit pour tous talens,,

FABLES

Tirées de celles de M. l'Abbé Aubert.

FABLE PREMIERE.

L'ANE ET LE MEUNIER.

LE MEUNIER.

Hé bien ! finiras-tu , Martin ?
Veux-tu bien aller au moulin ?

L'ANE.

J'en serois bien fâché , faites votre besogne.

LE MEUNIER.

Mais tu veux donc que je te cogne ?

L'ANE.

Non ; il est bon que vous sachiez
Qu'un Ane, comme moi , de sens & de mérite,
Est las d'être traité comme un vil va nuds pieds.
Des Dauphinois je suis l'élite,
Et je laisse aux Anons à servir les Meûniers.

LE MEUNIER.

Ouais ; Mons Martin , tu t'en fais bien accroire.

L'A N E.

Mais j'entends bien de moi qu'on parle dans l'Histoire:
Les Dieux ont travaillé vingt ans
Pour former les ressorts qui meuvent là dedans.
Raison, sagesse, esprit, mémoire;
J'ai tout en un degré parfait.
Si l'avenir regrette un Socrate Baudet,
La race des Baudets me devra cette gloire.

Le Meunier.

Ha! je trouve celui-là bon.
Et que prétends-tu faire?

L'A N E.

Penser en docte Aliboron,
Je ne veux plus désormais d'autre affaire:
Faites porter vos facs à quelqu'Ane vulgaire,
Et respectez un Sage comme moi.

Le Meunier.

Quelle mouche le pique?
Il est fou, sur ma foi:
Gros-Jean, la tête tourne à ta pauvre bourrique:
Ce mal lui vient je ne fais d'où;
Laissons-la penser tout son fou,
Et cependant retranchons sa pitance.

L'A N E.

Mais, Mons Gros-Jean, l'heure s'avance:
Et de manger vous ne soufflez le mot?

Le Meunier.

Monsieur le raisonneur, me prends-tu pour un fot?

Quel

Quel fruit me revient-il des rêves de ta tête?
Porte ton bât, travaille & l'on te nourrira.

L'ANE.

Oh! pour le coup, je ne suis qu'une bête.
Je ne m'attendois pas, du tout, à celui-là.

LE MEUNIER.

Tu le vois, tout iroit beaucoup mieux sur la terre
Si chacun se bornoit à faire
Le métier pour lequel Jupiter l'appella.

FABLE II.

LE LION ET LES ANIMAUX DE SA COUR.

LE LION.

ENFIN, j'ai triomphé de mes fiers ennemis;
Le Tigre & le Taureau soumis à ma puissance,
De leur audace sont punis
Qu'en l'honneur de ce jour tout mon Royaume danse;
Que le gibier se livre en abondance,
Et qu'au bruit du canon
On chante mes exploits & célébre mon nom.
(*On chante.*)

LE CHOEUR.

Chantons, célébrons la victoire
De Sire le Lion.
Rien n'égale sa gloire;
Il surpasse en valeur le Vainqueur d'Ilion.

G

Un Courtisan.

Mais ! qu'entends-je ? Quel bruit ! quelle rage subite
Vient tout-à-coup fondre en ces lieux ?
C'est le Taureau, qui furieux,
Met ici tout en fuite.
O Ciel ! tout est perdu.
Le Roi lui-même est éperdu,
Et tombe sous les coups du Taureau qui l'accable;
Conquérans orgueilleux , méditez cette fable;
Soyez moins fiers dans la prospérité,
Sur-tout ne restez pas dans la sécurité:
Car souvent au milieu d'une fête agréable,
Votre ennemi revient plus rédoutable;
Cent autres peuples révoltés
Saisissent cet instant pour leur propre vengeance;
Et vous perdez alors , battus de tous côtés ,
Les trois quarts de votre puissance.

FABLE III.

PERETTE ET COLAS, FANFAN ET SA BONNE.

PERETTE.

FANFAN va venir tout-à-l'heure;
Voyons s'il nous reconnoîtra.

COLAS.

Quelle belle demeure !
Que d'or, ma mere, oh ! tiens, tiens, vois-tu çà ?

PERETTE.

J'entends quelqu'un , prépares ta galette.

COLAS.

Et pis aussi ce beau raisin.

PERETTE.

Ah ! le voilà : bon jour, mon fieu , c'est ta Perette ;
La reconnois tu bien ?
(*Il veut arracher la galette.*)
Colas , laisse le faire :
Oui , prends , Fanfan , c'est pour toi ce gâteau.
(*Il repousse Colas , après avoir pris le gâteau.*)

COLAS.

Comme il me fait ? ma mere !

LA BONNE.

Fi donc ! Monsieur , çà n'est pas beau ;
Embrassez donc votre nourrice
Et votre ami Colas.
Eh ! bien , Fanfan , quel est donc ce caprice ?

FANFAN.

Il est trop laid , je ne veux pas.

PERETTE.

Excusez-moi , Madame , je vous laisse.
Voilà Fanfan devenu grand Seigneur.
(*A Colas.*)
Viens , mon fils , tu n'as plus son cœur ;

L'amitié disparoit où l'égalité cesse.

C2

FABLE IV.

CLOÉ ET FANFAN.

CLOÉ.

Mon fils, depuis long-tems je vois avec douleur
　　　Que mes soupçons se réalisent.
Votre grossiéreté, votre orgueil, votre humeur
　　　Qui tout le monde scandalisent
　　　Prouvent trop bien votre malheur.
Sachez donc que Perette & Pierre son mari,
　　　Ont trompé tous deux ma tendresse ;
　　　Ce secret vient d'être éclairci,
Vous n'êtes point à moi.

FANFAN.

　　　　Grand Dieu ! quelle détresse !
Maman, que dites-vous ?

CLOÉ.

　　　　Oui ; voilà leur foiblesse.
Soit amour pour Colas, soit toute autre raison :
Soit l'espoir de tirer quelque jour avantage
Des trésors usurpés par vous dans ma maison,
　　　Ils vous ont fait changer de nom,
　　　D'habit, d'état & d'héritage.
Mais enfin le remords a dévoilé l'horreur
　　　De leur détestable artifice :
Colas est mon enfant & vous êtes le leur :

Je retire mon fils des mains de sa nourrice;
   Il va rentrer aujourd'hui dans ses droits,
Et vous allez partir: votre orgueil en murmure:
Adieu, je sentois bien, Colas, que la nature
Dans mon ame, pour vous, n'élevoit point sa voix.

FANFAN.

O Ciel: qu'entends-je! est-il donc bien possible?

CLOÉ.

   Oui, Colas, reprenez vos habits;
     Ce coup, sans doute, est bien terrible;
Mais moi, je veux avoir mon véritable fils;
Dépêchons...

FANFAN.

   Ah! Maman, êtes-vous insensible?
     Que vais-je devenir?
Mal vêtu, mal nourri, fils du paysan Pierre,
Je serai malheureux...

CLOÉ.

    Oui, Colas; mais qu'y faire?
Le Ciel de votre orgueil a voulu vous punir.
Colas, vous méprisiez mon fils & votre mere,
Vous traitiez durement tous ceux que la misere,
   Pour subsister oblige de servir;
   Vous allez apprendre à les plaindre.
   Vous voyez qu'au sein du bonheur
   Les retours du sort sont à craindre:
De vos cruels dédains reconnoissez l'erreur.
   Si mon fils alloit vous les rendre?
S'il alloit à son tour...

         C 5

FANFAN.

Ah daignez me reprendre ;
Je servirai votre cher fils ;
Je le respecterai , je lui serai soumis.

CLOÉ.

Ce repentir est-il sincere ?

FANFAN *se jette dans les bras de Cloé.*

Ah ! je vois à vos pleurs , que vous êtes ma mere.
Oui , désormais , cette sage leçon
Dirigera mes mœurs & ma conduite ;
Je serai digne , enfin , de porter votre nom.

CLOÉ.

Embrassons-nous encor , je verrai par la suite
Si vous êtes vraiment le fils de la maison.

FABLES

Détachées de celles composées par l'Auteur.

FABLE PREMIERE.

LES SOTS PRÉSOMPTUEUX.

Martin Baudet & Dom Coucou,
Projettant d'entreprendre un Opéra comique,
Crurent, de bonne foi, sans se gêner beaucoup,
　　　Pouvoir apprendre la Musique.
Rossignol fut mandé ; prix fait pour vingt leçons,
Voilà nos deux chanteurs bientôt mis en haleine.
Rossignol a beau faire & moduler des sons,
Les hi-ham, les cou-cou font retentir la plaine ;
　　　Enfin, las de s'égosiller
　　　Et de n'y rien comprendre,
Dom Coucou, dit Martin, je trouve singulier
Qu'avec autant d'esprit nous ne puissions apprendre.
Ne t'en étonne pas, répliqua le Baudet,
　　　C'est la faute du maître.
Pour moi, je n'aime pas son chant de flageolet.
S'il revient, dis-lui donc que je suis allé paître.
　　　Ainsi les sots présomptueux
　　　Restent toujours dans l'ignorance :
　　　Le maître a tort, mais jamais eux.
Que de Baudets parmi nous, quand j'y pense !

　　　　　　　　　C 4

FABLE II.

LE PATELIN TROMPÉ.

UN Léopard sexagénaire
Riche, mais sans enfans,
Se voyant fort malade, à son heure derniere,
Se ressouvint de ses parens.
Qu'on aille au coin, dit-il, chez Regnard le Notaire;
Et qu'il vienne céans.
Renard ne tarde pas, toujours prêt à bien faire,
Il entre, & d'un ton doux plaint le pauvre vieillard;
Puis insensiblement l'amene au codicile.
Monsieur, dit Léopard,
Il est fort inutile
De faire un testament;
Votre avis suffira. Je voudrois seulement
A mes quatre neveux assurer ma fortune.
Fort bien, dit le Renard, en soupirant tout bas:
Tant de bonté n'est pas commune.
Quel dommage, qu'ils ne soient pas
Plus méritans !... Mais, que m'importe?...
Vous dites donc, Monsieur?... Eh non, je ne dis rien,
Reprit le moribond, à vous je m'en rapporte;
Parlez-moi franchement: s'ils ne sont gens de bien,
Je veux qu'on leur ferme ma porte.
Et voyons entre nous à mieux placer mon bien.
Le Renard à ces mots, d'une voix pathétique,
S'écrie: O mon cher bienfaiteur!
C'est à regret que je suis véridique;

Mais, sans parler de moi, je sais dans le malheur
De très-honnêtes gens qui béniroient sans cesse
      Votre mémoire & vos bienfaits.
Voilà les vrais parens : les autres on les laisse. —
D'accord, si mes neveux sont de méchans sujets,
      Ecrivez que je les déshérite ;
Mais avant, prouvez - moi leur mauvaise conduite :
      Car jusqu'alors entr'eux,
    Chacun a fait tellement l'hypocrite,
Qu'à vous dire le vrai, j'en pensois beaucoup mieux. —
D'abord, Monsieur, l'aîné passe pour un prodigue,
Le cadet, jour & nuit, fréquente les joueurs.
Le troisième est avare, & l'autre homme d'intrigue,
Court la femme galante & vit de ses faveurs.
Bon ! dit le Léopard, merci de la harangue :
      Ils auront donc mes biens,
   Puisqu'ils n'ont pas une mauvaise langue,
Et ne sont, comme vous, Notaires égrefins.

FABLE III.

FIN CONTRE FIN.

Raton depuis long-tems, quoiqu'adroit assassin,
Désespérant de prendre une souris trop fine
Vint en robe fourrée, & comme Médecin,
Lui crier à son trou : petite, ma voisine,
A demeurer ainsi dans cette obscurité,
      Vous altérez votre santé.
    Trotez, trotez, Tronchin l'ordonne ;

Je viens exprès accompagner vos pas.
Monsieur, dit celle-ci; la promenade est bonne,
  Mais je ne l'aime pas. —
Vous avez tort... Eh! non, répliqua la friponne,
  Je connois bien les Docteurs Chats. —
 D'accord, mais moi, je ne veux qu'être utile,
Et ne me nourris pas du sang des malheureux. —
  Je vous crois même très-habile;
Ce seroit donc ravir des momens précieux.
Allez, allez trouver vos malades en ville,
  Et dites-leur que je me porte au mieux.

FABLE IV.

L'INDISCRET PUNI.

MAITRE Renard un jour cherchant poule à croquer,
Entend se plaindre un Coq, qui disoit lui manquer
  Une jeune Cocotte.
  O Ciel! cette pauvre merotte,
S'écria le Renard, d'un ton de Patelin;
 En se cachant & faisant la voix claire?
C'est vraiment bien fâcheux, car sans doute, voisin,
  Elle étoit digne de vous plaire?
Ah! répondit le Coq, si de même que moi,
  Vous eussiez connu son mérite,
  Vous jureriez que la petite
  Étoit un vrai morceau de Roi.
 Ami, je vois que vous êtes sensible;
  J'ai besoin d'un consolateur;

Paroiffez donc : le Renard invifible
Se montre & dans l'inftant vous hape mon jafeur.
Tel qui fe plaint de fon malheur,
Dans un plus grand fouvent fe précipite,
Quand il écoute un hypocrite,
Ou qu'au premier paffant il prône fa douleur.

FABLE V.

LE SATIRIQUE PUNI.

Tel fait métier de fatirique
Qui n'entend pas qu'on lui réplique.
Certain Loup gris, mauvais plaifant,
De ces fots beaux efprits, qui, toujours médifant
Perfifle l'un, drape fur l'autre ;
Cherchant un jour en bon apôtre
Quelque badaut pour s'égaier,
Rencontre, juftement, fon voifin Sanglier.
Eh ! bon jour, lui dit-il d'une voix goguenarde....
Mais, fais-tu, notre ami, que plus on te regarde,
Plus ces défenfes là te rendent fingulier ?
Tu parois toujours rire !
C'eft vrai, dit celui-ci, fur-tout lorfque j'admire
La foupleffe de tes reins (1). —
Mes reins ! qu'en veux-tu dire ?
En me formant ainfi mon pere eut fes deffeins,

---

(1) On prétend que le Loup eft conftitué de façon qu'il eft obligé de fe retourner tout d'une piece.

Je fuis lefte, regarde un peu cette gambade :
    Sont-ce là fauts de Marcaffins ! —
Oui, mais retourne-toi... là... point de gafconnade.
    Tu vois donc bien, Monfieur le ricaneur,
Que chacun entre nous a droit de répréfaille.
Qui diable penferoit, reprit notre fauteur,
Qu'avec fon air hideux cet animal vous raille ?
Ouais ! dit le Sanglier, tu prends donc de l'humeur ?
    Ah ! je vois bien qu'une leçon
    Te fera néceffaire ?
Et mieux que n'auroit fait un coup d'eftramaçon
    De fa défenfe il le couche par terre.

FABLE VI.

AVIS AUX COURTISANS.

L'INSTANT qui nous met en faveur,
Eft quelquefois l'époque du malheur.
Chacun le fait, le dit & le répete,
Et, malgré tout, n'en profite jamais.
Donc, j'aurois tort d'être ici l'interprète
D'un conte bleu qui feroit fans fuccès ;
Pourtant, voyons... Puifque le jeu m'amufe
Narrons pour nous ; d'ailleurs, peut-être bien
Pourroit-il empêcher qu'auffi je ne m'abufe ;
    L'expérience fait grand bien.
Un Ecureuil fringant, du plus mignon corfage,
    Paffant des bois dans la Cité
    Devint bientôt, felon l'ufage,

L'objet chéri d'une jeune beauté.
En vain, Perrot jaloux, pince, fait grand tapage :
    Il lui fallut céder la primauté.
Minet, même Minet au gentil badinage
N'étoit plus rien auprès du petit éventé ;
    Car le dernier a toujours l'avantage.
Or, jugez si chacun peſtoit de ſon côté.
    C'étoit ſottiſe ; inſenſible à leur rage
Le drôle n'en ſautoit pas moins en liberté ;
Croquant la noix, grignotant le fromage,
    A peine ſavoit-il être l'enfant gâté.
        Chéri de ſa Maitreſſe
    Il eût ſans doute été toujours heureux.
    Mais un valet ivrogne & pareſſeux
Devoit en avoir ſoin : or, gens de cette eſpece
        Sont ou brutaux, ou peu ſoigneux.
Auſſi, qu'arriva-t-il ? Fatigué de s'entendre
Journellement grondé pour le petit ami,
Jean l'attrape un matin, &, d'une main peu tendre,
    L'envoie chez les morts. Oh ! oh ! qu'eſt ceci ?
Dit Perrot effrayé : je commence à comprendre
Qu'il ne faut pas toujours compter ſur la faveur,
Ni ſe croire à l'abri de tout revers ſiniſtre,
Quand, avec les bontés de ſon Maitre & Seigneur,
On ne plaît pas encore à ſon premier Miniſtre.

VARIÉTÉS.
LE SECRET DÉCOUVERT.
OU
LE MOMENT DANGEREUX.

Non loin de ce village,
Philis sous un ormeau,
Faisoit paître à l'ombrage
Son paisible troupeau.
Dieux ! faut-il, disoit-elle,
D'un ton plein de langueur,
Qu'une douleur cruelle
Déchire ainsi mon cœur ?
Moi, qui vivois tranquille,
Sans soins, sans embarras,
Jusques dans cet asyle
Le chagrin suit mes pas.
Non, non, perfide amour, le Berger qui m'enflamme
Ne triomphera pas
Du secret de mon ame.
Quelle étoit son erreur !
Daphnis, à l'ombre d'un feuillage
Avoit tout entendu ; transporté, plein d'ardeur
Il vole à la Bergere, & lui rend son hommage.
Interdite ; Philis rougit & perd la voix.
Daphnis aussi tremblant la presse d'un air tendre :
Rassurez-vous, dit-il, ma Bergere, ce bois
Est l'unique témoin qui puisse nous entendre.

Mais hélas ! de ses bras elle échappe à l'inftant.
En vain il la pourfuit, vainement il l'appelle,
  Il a perdu l'heureux moment,
Moment fi dangereux où l'amante rebelle
Se défend pour céder, & cede tendrement.
Que de regrets ! Déja les oifeaux du bocage
  Se préparoient à chanter fes plaifirs.
Mais non, Daphnis heureux eût commis un outrage :
La raifon dans fon cœur triompha des defirs.
Je fuis aimé, dit-il ; par un nœud légitime,
Réparons, s'il fe peut, ma faute dès ce jour.
La Bergere en effet lui rendit fon eftime,
Et l'hymen ralluma le flambeau de l'amour.

L'INCORRIGIBLE.

POUR prononcer fur une Comédie
Que je voulois faire repréfenter,
On me défigne un enfant de Thalie ;
Ma piece en main, je fus le vifiter.
Grand Mahomet, ô divin Marc-Anrele !
Brutus, Cinna, bavard, impertinent ;
Voici, lui dis-je, une piece nouvelle
Que je foumets à votre jugement.
Lui, d'un air froid, d'un ton de fuffifance,
Prend le papier, me remet à fix mois.
Eh ! pourqnoi donc cette énorme diftance ?
Daignez, Monfieur, vous contenter de trois.
Non, reprit-il avec plus d'infolence,
Je ne fuis point de ces pauvres Acteurs,
Qui, fans talens, n'ont rien de mieux à faire

Que de courir au-devant des Auteurs. —
Quoi ! quatre mois ne feroient pas l'affaire ? —
Non, six, Monsieur, il me faut tout autant.
A votre ton, mon ami, répondis-je,
Pour vous juger il ne faut qu'un instant.
Le Fat comprit, voyez s'il se corrige.

COUPLETS.

JADIS dans ses jeux l'on moralisoit,
La Scene Françoise vous instruisoit,
En se corrigeant l'homme s'amusoit :
    C'étoit la vieille méthode.
Aujourd'hui, l'on danse, on chante, l'on rit ;
La raison dans tout le céde à l'esprit,
C'est en persiflant qu'un Auteur instruit ;
    Voilà la morale à la mode.

POUR se faire un nom, les gens à talens,
Dans tous leurs travaux marchoient à pas lents,
Le goût ; la raison rédigeoient leurs plans ;
    C'étoit la vieille méthode.
Aujourd'hui, leur but n'est que d'éblouir,
Contents du présent ils veulent jouir,
C'est le Geai qui cherche à s'épanouir ;
    Voilà les Auteurs à la mode.

FILLETTE à quinze ans aimoit en secret,
Son amant étoit timide & discret,
La vertu marchoit avant l'intérêt ;
    C'étoit la vieille méthode.
                            Aujourd'hui,

Aujourd'hui fillette affiche un amant,
Celui-ci la dupe, en rit hautement,
L'honneur se trafique en argent comptant;
    Voilà la conduite à la mode.

La femme décente aimoit son époux,
Le mari fidele, économe & doux,
De prêcher d'exemple étoit très-jaloux;
    C'étoit la vieille méthode.
Aujourd'hui, l'hymen est peu respecté,
L'intérêt, l'intrigue & la vanité,
Font qu'ici chacun va de son côté;
    Voilà le ménage à la mode.

LE FAT RECONNU.

CERTAIN faquin chez un Libraire,
Tranchant d'Histoire & de Blason,
Tançoit un jour La Martiniere
D'avoir omis le lieu dont il portoit le nom.
    De ce Dictionnaire,
    A juger par son ton,
    Il eût fallu refaire
    Une autre édition.
Force propos sur sa maison,
Sur les exploits de feu son pere,
Quant tout-à-coup, le gros Guillot
Entre, & demande un Breviaire.
Notre fat, qui le voit part & ne fait qu'un saut.
Va, dit le campagnard, je t'ai vu maître sot;

                  D

Tu ferois trop heureux d'être mon légataire !
Oui, Messieurs, nous dit-il, ce drôle est mon neveu ;
      Fils de Suson femme à Matthieu.

PORTRAIT D'UN ACTEUR D'APRÈS NATURE.

Avec son nez pointu, son bras en aviron,
Son échine bien roide & son courbe menton,
      Monsieur, faisant la patte d'oie,
Grimace un couplet tendre & se pâme de joie.
Oh! l'excellent Acteur ! il est, ma foi! plein d'art ;
Oui, mais du naturel ? oh ! c'est un fait à part.

PENSÉES.

IL en est de certaines Pieces qu'on imprime, comme de ces coquettes, qui, le lendemain au grand jour, perdent une partie des charmes qu'on avoit admirés la veille, à la lumiere ; retirez à celles-ci les apprêts de leur toilette, leurs minauderies, vous enlevez aux autres l'illusion du Théatre & le jeu des Acteurs.

La description de la plupart des fêtes publiques est ordinairement un verre d'optique.

Un favori qui reçoit une nouvelle grace, ne devroit jamais perdre de vue son thermometre.

Là colere d'un faux brave ressemble à ces petits Serpens factices, qui s'élancent de la boîte qui les renferme.

Les babillards sont souvent dans le cas de ceux qui sonnent pour éloigner l'orage.

Avant que l'homme eût inventé les verres optiques, la nature lui avoit donné une lunette d'approche, dont il faisoit usage dans tous les tems; c'est celle que nous recevons tous, de pere en fils, & que l'amour-propre dirige à son gré.

Lorsqu'on est de sang-froid, on donne d'excellens conseils de modération & de prudence. Blesse-t-on votre amour-propre? adieu Séneque & sa morale.

PORTRAIT.
LE FAUX GÉNÉREUX.

DAMON croit être généreux parce qu'il a rendu quelques services; ses bienfaits, au contraire, prouvent qu'il n'est sensible que par vanité: car remarquez qu'il en parle sans cesse; il est vrai que c'est avec quelques précautions; mais il craint tellement de n'avoir pas été compris, qu'il revient adroitement sur son objet, & parvient enfin à vous

faire connoître celui qu'il a obligé, tout en ré-
pétant qu'il seroit fâché de s'en faire une gloire.
Il est si difficile avec ses protégés, il exige tant
d'égards des pauvres diables, qu'à l'entendre, ils
manquent toujours à la reconnoissance· Arrive-t-il
à quelqu'un d'entr'eux une petite fortune? Oh! c'est
alors que Damon se démasque entiérement. Voyez,
vous dit-il, un tel: c'est pourtant moi, qui suis cause
de son bonheur; n'est-il pas vrai, mon ami? Et
tout cela est dit d'un ton qui décele l'orgueil du
personnage. A-t-il besoin, à son tour, de quelques services, il ne les demande point à son nouveau parvenu, il les exige: ne peut-il les obtenir,
soit parce que celui-ci n'est point encore en état
de les lui rendre, soit parce que la chose est impossible? Ce sont alors des reproches amers, des
détails humilians qu'il ramene avec malice & avec
aigreur.

> Quiconque rend service ainsi par vanité,
> Fait souvent un ingrat, & l'a bien mérité.

A U T R E.

LE SATIRIQUE.

LE penchant à la satire est un mal caduc dont
le germe est dans le cœur. Semblable à ces li-

queurs ; qui , commençant à s'aigrir , acquerent chaque jour un degré de putréfaction & de malignité. Damis, jaloux de tout ce qui l'environne, n'ouvre la bouche que pour mordre ou déchirer quelqu'un : ses éloges ne font que des fleurs de rhétorique , pour mieux faire ressortir les coups portés à ses victimes. Veut-il adresser une épître à un homme qu'il dit être son ami ? Son imagination dominée par son penchant, lui inspire tout un autre sujet ; il a écrit : qu'a-t-il fait ? une satire contre le genre humain.

COUPLETS.

A Mademoiselle DE VOLIEUSE, qui avoit fait présent d'une très-belle Poire à l'Auteur.

AIR : *Du Serin qui te fait envie,* &c.

TOUT bon Chrétien sçait qu'une pomme,
D'Eve & d'Adam fit le malheurs.
Ce fruit maudit, contraire à l'homme,
Fut la source de mille pleurs.
L'Olympe même, dit la Fable,
S'étant chez Thétis assemblé,
Pour une Pomme sur la table,
Par la Discorde fut troublé.

HIPPOMENE, jeune Athalante,
Jetant des Pommes sur tes pas,

D 3

Dans l'arêne la plus brillante,
Gagna la course & tes appas.
Et toi, Dragon des Hespérides;
En vain tu menaçois de mort;
Malgré tes griffes homicides,
Hercule enleva ton tréfor.

CONCLUONS donc avec l'Histoire;
Que la Pomme porte malheur;
Mais répétons: vive la Poire,
Le goût cent fois en est meilleur.
Qu'elle est sur-tout délicieuse,
Lorsqu'on la reçoit de la main
De la charmante VOLIEUSE;
Qui n'en veut point au genre humain!

SI VOLIEUSE étoit méchante,
Auroit-elle tant de beauté?
Non, non; ses yeux, sa voix touchante;
Nous prouvent toute sa bonté.
Il ne faut même que l'entendre,
Pour répondre de son bon cœur.
Heureux! s'il étoit aussi tendre,
Que son organe est enchanteur.

AUTRES.

A NANETTE, pour le jour de sa Fête.

AIR: *Que ne suis-je la fougere, &c.*

D'ANNE je chante la Fête;
ANNE est un si joli nom,

Non celui de cette bête,
Qu'on furnomme Aliboron;
Mais c'est celui de NANETTE,
Dont le pied est si mignon,
Qui, sous sa blanche cornette,
Porte boucles & chignon.

NANETTE est un peu coquette,
Sans trop farder ses attraits.
Elle chante, elle caquette,
C'est la gaîté, traits pour traits.
Dès qu'elle vient à paroître,
Chacun la suit, la veut voir;
On desire la connoître
Et l'avoir en son pouvoir.

NANETTE est encore sage,
Se moque des soupirans;
Mais, gare qu'un équipage
Ne la mette sur les rangs.
Justement, l'affaire est faite;
Elle a, dit-on, un Milord.
Adieu donc, belle NANETTE,
J'aime; mais je n'ai point d'or.

IMPROMPTU.

DU haut en bas,
JULIE est une mignature,
Du haut en bas,
Elle brille de mille appas.

D 4

L'Amour, sans doute, à la Nature,
D'avance en traça la structure,
    Du haut en bas.

    Du bas en haut,
Pigmalion, Zeuſis, Apelle,
    Du bas en haut,
N'ont jamais fait rien d'auſſi beau.
Si Praxis l'eût pris pour modele,
Sa Vénus eût été plus belle
    Du bas en haut.

COUPLETS.

Pour Mademoiſelle * * *, qui voulut à table,
    étonner un moment ſes Parens.

AIR : *Tendre fruit des pleurs de l'Aurore, &c.*

A l'amour je livre mon ame;
Ses feux ont paſſé dans mon cœur.
Fiere & contente de ma flamme;
Je veux célébrer mon vainqueur.

Les Dieux, pour fixer ma tendreſſe,
Ont pris plaiſir à le former:
Eſprit, beauté, graces, fineſſe,
Tout en lui me le fait aimer.

Dès le matin, lorſque l'Aurore
Vient ouvrir le palais du jour,
Mon cœur, pour l'objet que j'adore,
S'éveille & palpite d'amour.

Tous mes defirs font de lui plaire,
Je ne refpire que pour lui,
Oui, c'eft en toi feul que j'efpere,
Toi feul, me ferviras d'appui.

Je veux te prendre pour modele,
Me pénétrer de tes appas,
Toujours tendre, toujours fidelle,
Je t'aimerai jufqu'au trépas.

De cet aveu, fi l'on me blâme,
On ne connoît pas mon vainqueur.
Puifque c'eft Maman qui m'enflamme,
Et que peint feul ici mon cœur.

CONTE.

Messire Jean, dit-on,
Un certain jour en chaire,
Voyant qu'à fon fermon,
Tous & jufqu'au Vicaire,
Dormoient, mais tout de bon;
D'une voix de tonnerre,
S'écria fur ce ton :
Enfans, dans l'autre monde
Lorfque je paroîtrai,
Le grand Juge, en fa ronde,
Demandera : Curé,
Qu'as-tu de bon à dire?
Que font tes Payfans?
Je lui répondrai : Sire,

Bêtes je les reçus ; bêtes je vous les rends.
　　　A ce propos, les ouailles
　　　Ouvrent des yeux bien grands ;
　　　Ah ! ah ! dit-il, canailles,
　　　Vous dormez donc céans ?
　　　Est-ce que l'Evangile
　　　Est un conte à dormir ?
　　　Sommes-nous à la ville ?
　　　Oh ! bien, pour vous punir ;
　　　Quatre fois par semaine,
　　　Vous viendrez au sermon.
　　　Vous faut donc dans la plaine
　　　Venir : lui dit Simon,
　　　Non ; repart Jaquelaine,
　　　J'irons chez Magdelon.

AUTRE.

LE MAUVAIS PAYEUR.

UN jour certain Coursier allant le petit pas,
Au détour d'un chemin rencontre un camarade :
Ah ! ah ! dit-il, c'est toi ? je te croyois malade ;
Hé ! que deviens-tu donc, que l'on ne te voit pas ?
C'est que, dit celui-ci, nazillant comme un Moine,
C'est que... oui, je comprends, répondit le Coursier ;
C'est que je t'ai prêté vingt picotins d'avoine.
A ces mots ; l'emprunteur paye son créancier ;
Mais c'est d'une ruade, & zeste gagne au pied.

UN PASSANT A UN LIBRAIRE.

Vous vendez, m'a-t-on dit,
Un ouvrage nouveau, plein de sens & d'esprit,
On y voit de nos mœurs une heureuse peinture ;
    Rien n'est forcé, point de clinquant,
Le goût seul y préside & le rend éloquent. —
    Oui-dà, Monsieur, voyez cette gravure ;
Ces graces, ces Amours, c'est une mignature !
        L'œil en est enchanté : —
        L'œil ? belle curiosité !
    Mais moi, je cherche à lire,
Et veux, pour mon argent, m'amuser & m'instruire ;
    Excusez donc, c'est une erreur,
Je demande un Libraire & non point un Graveur.

LA LÉGITIMITÉ PROUVÉE.

De ma naissance en peu de mots
Voici la preuve la plus claire.
De pere en fils nous naissons sots,
Donc je suis bien fils de mon pere.

ÉPIGRAMME.

Certain fripon, vrai gibier de galeres,
Pris fur le fait, on l'envoya ramer.
Ah ! ah ! c'est toi, lui difent fes confreres ? —
Oui, mon deftin vient de fe confirmer.
Foin de ma vie, auffi dès mon enfance,
Je répugnois à dire mon *Pater*.
Car, entre nous, il m'annonçoit d'avance
Que tôt ou tard, je verrois cet enfer. —
Comment ? — Mais oui, fi vous favez traduire
    Sed libera nos a malo.
Ne veut-il pas en propres termes dire,
    Il partira pour Saint-Malo.

AUTRE.

LE CRI DE CONSCIENCE.

Voyez un peu la belle affaire !
Malgré contrat, malgré Notaire,
Son mari Jean, Life encorna.
Auffi l'hymen l'abandonna.
Car un jour Jean par aventure,
Guéte, il la voit en forfaiture ;
Foin, fe dit-il, faut l'excufer :
Car d'adultere l'accufer,
C'est publier femme me fangle.

Si d'autre part je vous l'étrangle;
Force sera d'être pendu,
Mieux vaut encore être cocu.
Cocu? morbleu! ce nom me choque:
Honni serai; mais je m'en moque,
Bien & duement elle sera
Claquemurée & *cetera.*
Jean s'en fut donc corner sa honte;
Preste, Thémis d'une main prompte,
Prend son argent, & condamna
Lise au couvent qui s'y damna.
A cette histoire repandue,
Dieux! dit Clotis, je suis perdue!

AUTRE.

LE FAIT CONFIRMÉ.

MÉLITE à son voisin parlant en confidence,
Fut malheureusement trahie en son secret.
Son mari la rossant, la belle dans la danse
Démentoit le voisin, crioit comme un baudet.
Ce n'est pas, dit l'époux, le dire qui m'offense,
Mignone, seulement j'étrille pour le fait.
Ah, reprit celle ci, c'est une différence.

AUTRE.

DISPUTE ENTRE UN AVOGAT ET SA FEMME.

Je conviens avec vous que je suis infidelle ;
Mais vous l'êtes aussi, donc je le suis de droit ?
Un moment distinguons, la conséquence est telle
Qu'au couvent vous irez, Madame, sur ma foi : —
Mais encore, Monsieur ? c'est une bagatelle.
Si les Loix font pour vous, j'ai l'usage pour moi.
D'ailleurs, vous n'en serez pas moins, poursuivit-elle ;
Cocu suivant la forme, & montré même au doigt.

AUTRE.

Eh bien, Messieurs, nous dit un moinillon,
Qu'en dites-vous ? ai-je de l'éloquence ?
Vous avez lu Bossuet, Massillon,
Là, prononcez le tout sans conséquence,
Car j'ai toujours fait vœu d'humilité.
Non, point du tout, reprit un malin page ;
Parlons ici sans ambiguité :
On voit, mon frere, en lisant votre ouvrage ;
Que vous avez fait vœu de pauvreté.

AUTRE.

Distinguo *marjolem*, difoit Jean de la Plante;
Ivre mort, on mort ivre eft chofe différente.
Amici, bibimus & argumentabor :
Par exemple aujourd'hui, je ne fuis qu'ivre mort.
Mais quand le verre en main, je cefferai de vivre,
C'eft alors qu'il faudra fe dire il eft mort ivre.
A ces mots, l'affemblée auffitôt s'écria :
Il a, ma foi ! raifon ; & chacun s'enivra.

AUTRE.

Certain Frater Gafcon pour tripler fes vifites,
Trainoit fi finement fon malade en longueur,
Que le mal auroit eu les plus funeftes fuites
Sans les foins éclairés d'un autre, vrai Docteur.
Qu'eft-ce à dire fandis? dit-il à fon confrere,
Ai-je donc travaillé pour la bourfe d'autrui ?
Non, corbleu! ce malade eft de droit mon affaire,
Et très-décidemment je l'acheve aujourd'hui.

AVIS AUX PLAIDEURS.

Bien fou, Meffieurs, qui plaide en ce bas monde,
Je n'eus jamais qu'un malheureux procès;
Mais je veux bien que Thémis me confonde

Si j'y retourne ; ainsi que d'un abcès;
Reste toujours cicatrice profonde.
Moi je gagnai principal, intérêts ;
Mais Maître Grip, Procureur en ma cause
Met tant & tant pour exploits pour arrêts ,
Que ma Partie en apprenant la chose,
Hors du Royaume alla prendre le frais.
Onc ne la vis , son départ fut donc cause,
Qu'il me fallut payer encor les frais.

L'ÉTRANGER A PARIS.

CERTES cet homme est un Seigneur,
On le voit à son équipage ? —
Détrompez-vous, c'est un danseur. —
Vous vous moquez ! — sans badinage... —
Cet autre au moins l'est, je le gage ? —
Non, point du tout c'est un coëffeur. —
Mais, quel est donc ce personnage ? —
Hélas ! Monsieur , c'est un Auteur.

RÉPONSE

D'UNE FEMME QUE SON MARI FRAPPOIT,

LE devoir ; dites-vous, exige absolument
Que j'aime mon mari. J'avoue ingénument
Que mon cœur se refuse à cet ordre pénible.
Je l'aimerois , Monsieur, si j'étois insensible.

LE

LE COUCHER DU GARÇON.

Saint-Jean, de la lumiere, & prépare mon lit? —
Monfieur, qu'eft devenu votre bonnet de nuit? —
Ah! ah, je fuis à toi, je vais aller le prendre. —
N'eft-il pas par hafard chez la belle Vauduit? —
Juftement. — En ce cas, je ne dois pas ttendre.

COUPLETS.

Femme gaillarde au pied mignon,
Femme fardée au grand chignon
Sont bien moins rares que la pefte;
Mais femme fage à l'œil modefte,
Femme difcrete & de cœur franc
Sont plus rares que Merle blanc.

Jeunes Marquis pleins de fadeur,
Abbés coquets chargés d'odeur
Sont bien moins rares que la pefte;
Mais à la Cour voir un Orefte,
Ami fidele & de cœur franc,
C'eft plus rare que Merle blanc.

Jeunes Docteurs préfomptueux,
Vieux procureurs peu généreux
Sont bien moins rares que la pefte;
Mais un joueur gardant fon refte,
Un Intendant fidele & franc
Sont plus rares que Merle blanc.

* E

Un Histrion tranchant du fat,
Un traducteur plus gueux qu'un rat
Sont bien moins rares que la peste;
Mais un Normand qui ne conteste.
Un vrai Lorrain prodigue & franc
Sont plus rares que Merle blanc.

Jeunes fillettes aux doux yeux,
Jeunes blondins avantageux
Sont bien moins rares que la peste;
Mais un amant stingant & leste,
Constant, discret & de cœur franc
Est plus rare que Merle blanc.

LA DETTE ACQUITTÉE.

Belle Cloris, voulez-vous m'embrasser,
Disoit un jour le Marquis de Clitandre?
Non, laissez-moi : —Pourquoi donc vous laisser?
Oh, je vous tiens; elle eut beau se défendre,
Dans le moment le baiser fut donné.
Quoi ! dit Cloris, doit-on ainsi surprendre ?
C'est mal agir pour un homme bien né.
J'ai tort, dit-il, lorsqu'on prend il faut rendre,
Et dans l'instant autre baiser donné.

ÉPIGRAMME.

Cet Auteur si connu, Monsieur de Boniface,
Ayant bien relimé deux odes à la glace

Court chez un Gentilhomme , & d'un ton douceteux
Le presse de juger la meilleure des deux ;
Mon cher , dit celui-ci , pareil choix m'embarrasse.
Vous même assurément le ferez beaucoup mieux.
Non, répond notre auteur, mon goût sera le vôtre,
Et dans l'instant toussant, la premiere lui lit.
Le Gentilhomme alors l'interrompt & lui dit:
N'achevez pas , Monsieur, j'aime beaucoup mieux l'autre.

AUTRE.

L'ennuyeux animal que cet homme qui sort ;
Dit un jour certain fat dans une compagnie,
Il n'a pas dit un mot , c'est que reprit d'abord
Un ami de l'absent , cet homme a la manie
De juger en silence un bavard qui l'endort.

DÉPIT

D'UN PAUVRE ARITHEMÉTICIEN.

Sept jours dans la semaine ; & pas un seul d'heureux,
Douze mois dans l'année & tous aussi fâcheux,
Au diable le calcul & prenons patience,
Autrement je perdrois jusques à l'espérance.

L'HEUREUSE DÉCOUVERTE.

Je ne sais plus où donner de la tête,
Que faire ? ô Ciel ! que je suis bête ?
Il est un moyen sûr,
Donnons-la contre un mur.

L'AMPHIBOLOGIE

ou

LA VERITÉ SANS LE SAVOIR.

Un amant chaque jour pressé par le desir
Dit qu'il languit, il plaît, il intéresse.!
A peine est-il heureux qu'ingrat par le plaisir;
Il languit en effet & change de maîtresse.

MADRIGAL.

Non rien n'égale sa beauté;
Araminte seule l'ignore.
Vertu, douceur, esprit, gaîté
La rendent plus charmante encore :
Aussi c'est ma divinité.
Vous, vous l'aimez, moi je l'adore;

RÉPONSE

A une Chanson adressée à l'Auteur.

L'ART sublime des vers, ainsi que l'harmonie,
Naquirent du plaisir, le plaisir de l'amour.
C'est ce Dieu qui d'un souffle anime le génie,
Qui sur nos sens émus répand un nouveau jour.
Tu viens de le prouver, mon adorable Hortense,
    En m'adressant cette chanson.
        Du tendre amour reconnois la puissance ;
            Qu'il soit toujours ton Apollon.
        Oui, souviens-toi que le Dieu du Permesse
        N'est inspiré que par le sentiment.
Que ses plus doux accords sont dûs à la tendresse :
        Mon cœur l'éprouve en ce moment.
Reçois donc ce billet comme un sûr témoignage
Du plaisir que je goûte à m'occuper de toi.
Pour l'augmenter encor, dans le même langage,
        Charmante Hortense, réponds-moi.

COUPLET.

AIR : *De la plus brillante Aurore, &c.*

L'AMOUR est comme l'Abeille
Qui vole de fleurs en fleurs ;
Ce Dieu s'agite & ne veille
Que pour s'emparer des cœurs.
Mais si l'Abeille compose
Un suc agréable & doux,
L'amour, hélas ! souvent cause
Bien des tourmens parmi nous.

* E 3

ÉPIGRAMME.

Vous êtes belle, j'en conviens,
Mais votre tort est d'être sage. -
Comment ! lorsqu'on a de grands biens,
Et que sur-tout on se pique d'usage,
Est-ce tenir son rang que d'être ainsi sauvage?
Oh ! non , en vérité,
Autant vaudroit, Madame, être sans qualité.

COMPARAISONS.

AIR : *Ce fut par la faute du sort*, &c.

Lorsqu'au pied d'un riant côteau
Paisiblement l'onde serpente,
Je vois en elle le tableau
D'une ame discrete & prudente.
Le sage marche lentement ,
Et, dans le but qu'il se propose,
Pese toujours auparavant
Si l'effet répond à la cause.

Lorsque les flots impétueux
Viennent mourir sur le rivage,
De même, dis-je, l'orgueilleux
Se perd par son vain étalage,
Il éblouit pour un moment ;
Mais bientôt cette ame si fiere
Tombe & finit honteusement
Une trop brillante carriere.

LORSQU'AU grand vent un doux zéphyr
Succede & caresse la plaine,
De même, dis-je, le plaisir
Fait bientôt oublier la peine.
Ainsi Thémire de mon cœur
Cause la joie & les allarmes,
Si je me plains de sa rigueur
Un seul regard seche mes larmes.

LORSQUE je vois chaque matin
Paroître la brillante aurore,
Belle Thémire, votre teint
Frappe mes yeux bien plus encore;
Non, la rose dans sa fraîcheur
N'est aussi pure, aussi vermeille,
Le lis avec moins de blancheur
Reçoit le baiser de l'abeille.

A UN JEUNE ÉPOUX.

RESPECTER son épouse & par de bonnes mœurs
 Servir d'exemple à sa famille,
C'est le plus sûr moyen d'éviter les malheurs
Dont chaque jour l'hymen, dans ce siecle fourmille.
D'un mari libertin l'inconduite & l'orgueil,
Souvent dans ses écarts autorisent la femme;
C'est en la dirigeant & lui montrant l'écueil
Qu'elle sent mieux le poids de la honte & du blâme;

CAPRICES.

CLORIS est belle, Iris est sage;
Agathe n'est pas sans appas.
On me les offre en mariage;
Mais je fais mieux j'épouse des ducats.

AUTRE.

LORSQUE Lindor vivoit garçon,
C'étoit, dit-on, un papillon.
Mais depuis qu'il a pris maison
Iris l'a fait colimaçon.

VAUDEVILLE.

ON ne voit plus dans ce siecle indocile
Que péculats, que faux-fuyans;
Le vieux tuteur dévore son pupile,
La belle - mere ses enfans.
Mais, quel dommage;
Dans ce ravage
Le pauvre auteur,
Mauvais voleur
Pille envain un ouvrage;
Plus gueux qu'un rat;
Couché sans drap,

'Au dix-septieme étage,
Le ventre creux
Il parle aux Dieux
Un très riche langage.

L'Homme n'est plus qu'un oiseau de passage ;
Qui ne sait où se reposer.
Dans sa détresse on délaisse le Sage,
On va jusqu'à le mépriser.
Mais par la peste !
Un homme leste,
Qui sourdement,
Prend dextrement.
Oh l'admirable chose !
Fût-il bossu ,
Fût-il tortu ,
Décemment on en glose ;
D'humbles auteurs
Adulateurs ,
En font l'apothéose.

Méfiez-vous d'une aimable figure ;
D'une novice à l'œil fripon.
Tout minaudant, la belle , je vous jure ;
Viendroit à bout d'un million.
J'en connois trente,
Ayant leur tante
Qui rongeroient,
Dévoreroient
Londres , Paris & Rome,
Mais , sur cela ,
Restons en là.

Plaignons les pauvres hommes.
Sauve qui peut,
Non pas qui veut
Dans le siecle où nous sommes.

AMOUR EST COCUAGE.

De tous les tems Messer le Cocuage,
Sut se jouer de la Ville & la Cour.
Point n'eut besoin pour ça d'apprentissage,
Car sous ce nom, c'est le fripon d'amour.
Amour je dis, & si le nom differe,
Le fait au fond ne change pas de loi.
Femme le fait, mais pour juger l'affaire
Mariez-vous, après répondez-moi.
Je soutiens donc qu'amour & cocuage
Sont même Dieu, sous un nom différent.
Oui, pour prouver ce plaisant badinage,
Toi seul, amour, tu seras mon garant.
De noms, d'habits tu changes par centaine;
Qui mieux que toi sait tromper l'espion,
Faire la guerre en brave Capitaine,
Lever le pied suivant l'occasion?
T'avises-tu de faire un mariage,
Sous nom d'hymen tu parois un moment;
Puis, comme ami, t'offrant dans le ménage;
Le masque tombe & tu deviens amant;
Or, ce dernier fait naître cocuage,
Donc c'est l'amour sous ce déguisement.

LE BON MARCHÉ.

JE fais par-tout grande figure,
J'ai force vin, j'aime les longs repas,
C'eſt vrai, Monſieur ; mais vous ne payez pas,
A ce prix, j'en ferois tout autant, je vous jure.

I'MPROMPTU.

JE ſuis fou, dites-vous, adorable Dubois?
Le compliment n'eſt pas honnête.
Mais quand on voit ces yeux, qu'on entend votre voix,
Comment ne pas perdre la tête?

ÉPITRE A CLORIS.

SUIS-JE moins ton ami, dis-moi, belle maîtreſſe,
Ou plutôt, quel ſoupçon! ſerois-je moins aimé?
Quoi ! tu n'es pas ſurpriſe un peu de ma pareſſe,
Moi, qui, plein de tes traits, vivement enflammé,
Invoquois chaque jour les filles du Permeſſe?
Pas un ſeul hémiſtiche, un ſeul petit couplet?
C'eſt affreux, en honneur, & j'en rougis de honte.
Ah! Cloris, répondez : pourquoi donc, s'il vous plaît,
D'un pareil procédé ne pas demander compte?
Mais, quelle erreur ! je ſais qu'en femme de bon ſens,
Pour juger de ma flâme & fixer ta tendreſſe,
Tu ne t'arrêtes pas à ces frêles accens

Dont souvent un perfide amusa une maîtresse,
Ton cœur fait pour aimer, pour honorer son choix,
Exige, & veut donner un plus sûr témoignage ;
Lis-le donc dans mes yeux : pour les tiens, je les crois ;
S'ils sont un peu fripons, tu n'en es pas moins sage.
Non, je ne doute point de ta fidélité.
Pourrois-tu préférer à l'Amant le plus tendre,
Un fat qui trop souvent, par pure vanité.
Ne rime des douceurs que pour les faire entendre.

A VOLTAIRE.

Lors de son retour à Paris.

O Toi de mon pays le Sophocle & l'Homere,
Philosophe enjoué, noble & tendre VOLTAIRE (1),
Lorsque je vois en foule & la ville & la Cour
Courir, la palme en main, célébrer ton retour ;
Que du Temple des arts l'auguste Aréopage,
Sur les pas de *Beauvau* devance ton hommage.
Quelle gloire pour moi, si, sensible à mes vœux,
Tu daignois un instant jeter sur moi les yeux !
Que n'ai je en mon pouvoir les graces, l'harmonie,
Dont *de Lille* cent fois charma l'Académie ;
Que ne puis-je, inspiré du Dieu de l'Hélicon,
Egaler dans mes chants le Chantre de Bourbon ;
Posséder comme lui cette délicatesse,
L'art, sur-tout, de louer avec goût & finesse.
Alors, sûr de te voir écouter mes accens,
J'oserois à tes pieds déposer mon encens.

---

(1) Ces deux premiers vers sont tirés d'une épitre que j'adressai à
M. le Maréchal Duc de Biffac, & qui a paru dans les Mercures.

Tu lirois dans mon cœur, & la reconnoissance
Prouveroit que lui seul m'amene en ta présence.
Eh! comment en effet, oublier que cent fois
J'ai pleuré de plaisir aux doux sons de ta voix?
Qu'éclairé du flambeau de ton brillant génie,
J'ai mieux connu mes droits, l'honneur & la Patrie!
C'est toi, qui le premier dans le sacré Vallon,
Me rendis attentif aux accords d'Apollon.
C'est toi, dont les beaux vers, dont les élans sublimes
Du fanatisme affreux ont étouffé les crimes,
Oui, malgré les jaloux, la sottise & l'erreur,
J'ai su dans tous les tems lire au fond de ton cœur.
Sous les traits enjoués d'un savant badinage,
Toujours j'ai retrouvé l'honnête homme & le sage.
Victime déplorable, infortuné Calas,
Viens, franchis à ma voix les portes du trépas;
Viens & confonds enfin la noire calomnie,
Dis que le grand Corneille, en dépit de l'envie,
Pour rendre son rival plus grand, plus généreux,
Pour le justifier lui légua ses neveux.
O Mortel adoré, jouis donc de ta gloire,
Ton nom cent fois écrit au Temple de mémoire
Contre les attentats de la rivalité,
Sera pour notre siecle un droit de primauté!
Moi, pour mieux consacrer ce beau jour de ma vie;
Je vais construire un temple en l'honneur du génie,
Et pour y voir en foule accourir l'univers
J'y placerai ton buste & j'y lirai tes vers.

VERS

Au bas d'un Deſſein repréſentant le Triomphe de
VOLTAIRE. Ce Deſſein compoſé & exécuté par
M. Moitte, Sculpteur, Membre de l'Académie
Royale de Peinture & Sculpture, appartient à
l'Auteur qui en a donné l'idée.

SI Rome décernoit après une victoire
Les honneurs du triomphe au Citoyen vainqueur,
La France crut devoir pareil tribut de gloire
A Toi qui célébras le Héros de ſon cœur.
Elle vint te ſurprendre au ſein de Melpomene;
Là, d'un double laurier voulut te décorer;
A tes quatre-vingt ans elle attendit Irène
Pour t'applaudir encore & toujours t'admirer.

Sur ce qu'il s'eſt écrié en voyant ce Deſſein:
C'eſt un tombeau qu'il faut & non point un triomphe.

LORSQUE je viens te faire hommage
D'un triomphe qui t'appartient,
Pourquoi donc t'écrier en voyant ton image
C'eſt un tombeau qui me convient?
Ah! prolonge tes jours, honore ta Patrie:
Vois près de toi reſpirer le bonheur;
En nous enrichiſſant des fruits de ton génie,
Tes parens, tes amis jouiront de ton cœur.

AU MÊME.

Socrate, pour paroître un plus grand personnage,
Débitoit finement qu'il avoit un démon.
Voltaire, de nos jours, avec plus d'avantage,
Eclaire l'univers sans cette fiction.
C'est un astre brillant dont la vive lumiere
Semble s'accroître encore en quittant l'horison.
Après quatre-vingts ans, vainqueur dans la carriere,
Il orne de nouveau l'esprit & la raison.
Sans cesse Belle & Bonne avec un doux sourire
Lui prodiguent les soins de la tendre amitié.
Aussi dans tous ses vers ce sentiment respire,
L'ame en les relisant est toujours de moitié.
Que V*** en effet est aimable & touchante !
Vénus a moins d'attraits, Hébé moins de fraîcheur,
C'est la blancheur du lis, c'est la rose naissante.
Heureux, cent fois heureux qui possede son cœur.

RÉPONSE DE VOLTAIRE.

Je voudrois vous répondre, & ma main s'y refuse,
Pardonnez un vieillard dans les bras de la mort.
Pour franchir l'Achéron, votre agréable muse
En dépit des Gilbert sera mon passe-port.

AUX MANES DE LOUIS PHILIPPE D'ORLÉANS.

Que Philippe en effet mérite bien nos pleurs !
Digne par ses vertus du sang qui le fit naître,
Il sut être à la fois noble & simple en ses mœurs,
Pere, ami, citoyen, tendre époux & bon maître.

MES SENTIMENS.

LA mort, dit on, est peu de chose
Pour qui l'attend & s'y dispose.
Un tel discours n'est pas celui
D'un tendre époux, d'un heureux pere.
Peut on quitter un bon ami
Sans la douleur la plus amere ?
Ah ! vous mortels, qui vous vantez
D'être insensible à son approche,
Par vaine gloire vous mentez,
Et cet orgueil est un reproche
Que vous faites au Créateur.
Un cœur naïf, sans imposture
N'affecte point tant de hauteur ;
Les pleurs qu'il donne à la nature
Font l'eloge de son Auteur.
Quittons les grandeurs, la richesse ;
Mais regrettons nos vrais amis.
Si c'est montrer de la foiblesse,
Je veux en avoir à ce prix.

FRAGMENS D'UN POEME.
LES CHARMES DE LA VUE.

O toi, dont le goût, les talens,
Toi, dont l'esprit juste & facile
Sait aux attraits les plus brillans
Joindre l'agréable à l'utile,
Belle Zunie, inspire-moi
Ces sons touchans, cette harmonie

Qui

Qui chaque jour auprès de toi
Fixent la Cour de Polymnie.
Je chante ce divin rayon,
Cet organe dont la lumiere
Porte à mes sens l'impression
Du jour brillant qui nous éclaire.
Source de joie & de douleurs,
Prisme chéri de la nature,
Sans toi les plus vives couleurs
Pour moi seroient une imposture.
A peine ai-je reçu le jour
Que déja frottant ma paupiere,
J'entrouvre & ferme tour-à-tour
Un œil tremblant à la lumiere.
Déja mes sens font leur devoir;
Je sens, j'entends, je goûte & touche;
Je fixe tout, je veux tout voir.
Les cris qui sortent de ma bouche
Sont un effet de leur pouvoir.
Que vingt objets frappent ma vue,
D'abord je vois confusément,
Mais bientôt mon ame ingénue
Choisit, porte son jugement.
Ainsi, chaque objet perceptible
Par le rapport le plus subit,
Rend l'enfant même plus sensible
Et developpe son esprit.
Mais tel que le roseau fragile
S'agite au gré des moindres vents,
Notre ame inconstante & débile
Dépend des lieux & des momens.
Tour-à-tour chaque âge sur elle

F

Imprime un nouveau coloris,
Dans tous ses goûts l'homme chancele
Le desir seul y met un prix.
Suivons donc la route brillante
De l'âge heureux des vrais plaisirs ;
Que la raison douce & riante
Regle sans cesse nos desirs :
Par ses conseils le goût s'épure ,
Elle ennoblit nos sentimens,
C'est par elle que la nature
Enseigne à profiter du tems...
Admirons la tardive Aurore
Qui lentement ouvre les Cieux :
Déja l'horison se colore,
Tout va s'embellir à nos yeux.
Le sommet des hautes montagnes
Brille d'un feu rouge & vermeil,
Le Rossignol dans les campagnes
Chante le retour du Soleil.
O Dieux ! que la Nature est belle
Dans le silence du matin !
L'odeur de la rose nouvelle ,
L'ambre du lis , celui du thym
Parfume l'air que l'on respire ,
Tout flatte & ranime les sens ;
La tourterelle qui soupire
Répond à vos tendres accens.
Viens, suis mes pas , belle maîtresse,
Entrons sous cet ombrage frais ;
Pour couronner notre tendresse
La volupté le fit exprès.
Mais quelle erreur ! toujours unie ;

Toujours préfente à mon ardeur,
Je crois te voir, belle Zunie,
Lorfque tu n'es que dans mon cœur...
C'eft là qu'affis fur la fougere
Aux chants joyeux de mille oifeaux,
Je vois dans fa courfe légere
L'onde fuir entre les rofeaux.
Sa fource part d'une fontaine
Où les Nayades en danfant,
Frappent les échos de la plaine
Du bruit d'un p'aifir innocent.
C'eft là qu'au retour de la chaffe
Diane avec toute fa cour,
Dans une eau pure fe délaffe
Des courfes rapides du jour.
C'eft là que changeant de nature
Tu fus, curieux Actéon,
Victime d'une foible injure;
Lorfque l'heureux Endymion
Preffé d'une amoureufe ivreffe,
Reçut en dépit de Junon
Mille baifers de la Déeffe...
Que j'aime à percer ces forêts
Dont la cime à perte de vue
Se courbe & s'entrelaffe exprès
Pour fervir de bafe à la nue.
J'y vois le Cerf au pied léger
Franchir la plus haute charmille,
Le foible oifeau loin du danger
Percher fa timide famille...
Approchons, que viens-je de voir
Au bas de cette vafte plaine?

F 2

De même que dans un miroir
Les Cieux se peignent dans la Seine...
Mille jardins délicieux
Bordent ce tranquille rivage,
Vertumne a décoré ces lieux,
Pomone a dirigé l'ouvrage.
Parcourons ce vaste jardin,
Ah ! que de beautés ravissantes !
Mille caneaux lancent soudain
Mille torrens d'eaux jaillissantes.
Je crois que le Maître des Dieux,
Par un effet de sa puissance,
Tombe en perle du haut des Cieux
Pour séduire encore l'innocence....
Neptune sur un char d'airain
Voudroit fendre ses eaux limpides ;
Lorsqu'avec peine un Dieu marin
Retient ses coursiers trop rapides:
La conque en main mille Tritons
Devancent les jeunes Nayades,
L'un frappe l'air de ses chansons ;
L'autre en jouant fait des cascades.
Le bruit des eaux, celui des vents,
Le chant joyeux de Philomele
Semblent vanter ces lieux charmans:
Tout est parfait, tout est modele.
Que de richesses ! quel Palais !
Sans doute c'est celui d'Armide ?
Non, s'il en a tous les attraits
L'humanité même y préside.
C'est le séjour délicieux
D'un Roi digne de son empire ;

Mais taifons-nous fur ces beaux lieux,
De Lille feul peut les décrire.
Sous le cifeau de Phidias (1)
Le marbre s'anime & refpire,
Aux yeux d'Iffé le tendre Hylas
S'agite, on le voit qui foupire...
Eh! pourquoi fuir, belle Daphné?
Fixez vos pas dans ce bocage,
Bientôt votre cœur étonné
Ne voudra plus quitter l'ombrage.
Daphné, vous ne m'écoutez pas,
Vous allez implorer un pere,
A quoi vous fervent tant d'appas
Si votre cœur eft fi févere?...
Charmant Bacchus, que tes attraits
Verfent de plaifir en mon ame!
Sans toi boirions-nous à longs traits
Ce jus divin qui nous enflamme?
L'amour te doit fes plus beaux jours;
Tu femes par-tout l'allégreffe,
C'eft toi qui ranime le cours
Du fang glacé de la vieilleffe.
Ariane, ceffez vos pleurs,
Théfée eft un amant volage,
Le traître rit de vos douleurs,
Bacchus vengera cet outrage.
Déja les yeux fixés fur vous
Il vous fait offre de fes armes,
Lorfque l'amour conduit les coups
Ah! que la vengeance a de charmes!

---

(1) Les différens grouppes qui ornent le Parc.

Poursuis, Bacchus, son embarras
Est le signal de sa défaite.
Dieux! elle tombe entre tes bras,
Te voilà sûr de ta conquête:
Heureux Bacchus! heureux amant!
Que tu sais prendre sa défense!
Qu'Ariane dans ce moment
Se venge bien de l'inconstance!
Divine extase! ô volupté,
Prolonge-toi, que je l'admire.
Au sein de la félicité
C'est ainsi que Vénus expire...
L'amour dans ses yeux languissans
Semble appeller le Dieu des songes,
Pour replonger encor ses sens
Dans de voluptueux mensonges;
Elle s'endort... Fuyons, la nuit
Va déployer ses sombres voiles.
Je n'entends plus le moindre bruit...
Phébé se couronne d'étoiles.
Quel spectacle majestueux!
Que ce silence est respectable!
Le jour, la nuit, tout à nos yeux
Dans la nature est admirable.

HARMONIE IMITATIVE.

Vulcain dit, & d'abord le feu brille à la forge.
Puis au bruit du soufflet chantant à pleine gorge,
Et levant sur l'enclume un lourd & long marteau,
Le Cyclope en frappant fait retentir l'Echo.

Sur le cadeau de quatre taies d'oreiller.

LE don que tu me fais sûrement est honnête ;
Mais pourtant il me joue un assez méchant tour.
Car loin de reposer j'aurai martel en tête ,
Je ne pourrai dormir ni la nuit ni le jour.
Il est vrai que sans cesse occupé de tes charmes
Les plaisirs de mon cœur récréeront mes esprits.
Loin donc que ton cadeau me cause des allarmes
Je consens ne jamais sommeiller à ce prix.

CONTE.

ON dit qu'un Procureur , moi je dis un Huissier,
Car qui jamais pourroit se plaindre du premier ?
Cet huissier donc , un soir rentrant la tête prise,
Pense voir qu'un voleur se glisse en son manoir.
A ces cris chacun vient , jugez de la méprise ,
C'est Monsieur qui s'étoit fait peur dans son miroir.

RÉPONSE DE CICÉRON A DOLLABELLA.

UN jour Dollabella demande à Cicéron
S'il doutoit qu'elle n'eût que six lustres comptés.
Hé ! comment en douter, Cicéron lui répond ?
Lorsque depuis dix ans vous me le répétez.

F 4

ÉPIGRAMME.

LES GASCONS DE QUALITÉ.

Que dites-vous fandis?
Le Vicomte ni moi, n'irons en Paradis?
Non... le diable m'emporte;
Mais, vous nous prenez donc pour de petits bourgeois!
Sachez que pour damner des gens de notre forte
Dieu regarde à deux fois.

DÉPIT

CONTRE LES COLPORTEURS.

Stentor infatigable, infernal colporteur,
Ne peux-tu fans hurler duper ton acheteur (1)?
Vois fi par de tels cris le marchand pacifique
Affis en fon comptoir attire la pratique?
Comme toi, cependant, avec dextérité,
Il doit tirer parti de chaque nouveauté.
Mais fa boutique ouverte aux oifeaux de paffage,
N'offre pour les haper qu'on brillant étalage.
Tel au Palais-Royal pour leurer l'étranger,
Nos Vénus fur deux rangs vont exprès fe ranger.
Ou tel à la faveur d'une bonne mufique,

(1) Duper, parce qu'il change fouvent le titre pour piquer davantage la curiofité.

Germon fait acheter certain poëme étique.
Je conviens néanmoins que le plus diligent
Entre les colporteurs gagne le plus d'argent ;
Qu'aujourd'hui, parmi nous, un homme sans intrigue,
Sans bassesse, sans front, vainement se fatigue ;
Que l'Eginel feroit un inutile effort,
Si pour proner ses vers il ne crioit bien fort.
Mais au moins vends-nous donc, braillard impitoyable ;
Pour le bonheur public quelqu'édit secourable,
Un semblable au premier que rendit notre Roi :
Alors je volerai même au devant de toi.
Mais non, c'est un ramas de vers soporifiques (1),
D'éloges mal adroits en rimes emphatiques.
Eh ! Messieurs les Auteurs, marchands de complimens ;
Laissez la Cour en paix, vous perdez votre tems.
Croyez-vous que Louis ait besoin qu'on l'encense,
Pour porter sur son peuple un œil de bienfaisance,
Croyez-vous qu'attentive à de vaines clameurs,
La sagesse des Rois consulte les rimeurs ?
Non, Virgile n'est plus & notre jeune Auguste,
Sans vos vers ne sera ni moins bon, ni moins juste.
Qui de vous en effet, oseroit se flater
De pouvoir en ce jour dignement le chanter ?
Un seul & de Henri c'est l'illustre interprète,
Pourroit d'un vers heureux célébrer ANTOINETTE ;
Encourager son Roi, lui prouver qu'à vingt ans
Un cœur tel que le sien fait devancer le tems.
Toutefois tant d'écrits, jeune & sage Monarque ;
De l'amour le plus pur sont toujours une marque.

_____

(1) Les colporteurs inondoient alors tout Paris de pieces très-fugi-
tives ; plusieurs sans doute faisoient prendre des vers çà & là, & les
vendoient sous des titres extravagans.

Moi-même qui, sans doute, erre loin du Vallon;
Je sens plus que jamais les rigueurs d'Apollon.
Qu'on ne croie donc pas que je cherche à médire,
Je ne veux que calmer notre commun délire;
Prouver qu'un compliment, s'il n'est ingénieux,
Pour un grand Roi, sur-tout, devient fastidieux.
Eh ! pourquoi dira-t-on ne pas les laisser faire ?
Etes-vous leur régent ? est-ce là votre affaire ?
D'ailleurs prétendez-vous, magnifique Docteur,
Convaincre *Dorimont* qu'il est un plat auteur ?
Carondas croira-t-il que sa verve indiscrete,
Pour le repos public devroit rester muette ?
Voudra-t-il convenir que le galant Dorat (1)
Dans la lice du jour triomphe avec éclat.
Humanus en lisant & *de Lille* & *la Harpe*,
Brûlera-t-il les siens, & le froid *Aristarpe*
Frappé de vos conseils & changeant de métier
Ira-t-il d'un plein saut se vendre à l'épicier ?
D'accord, mais si pourtant par un avis semblable
Je pourrois entre mille en rendre un raisonnable,
J'aurois à m'applaudir, & la société
Du moins en tireroit bien plus d'utilité.
Qui sait si *Barbelin* repoussé des Libraires
N'iroit pas sillonner dans le champ de ses peres.
Si rebuté cent fois de la tendre Erato
Far, ne reprendroit pas l'enclume & le marteau.
Ou si contre l'Anglois, plein d'un noble courage
Lins, au lieu de rimer n'iroit pas faire rage;
Mais non, je les connois, j'ose en vain me flater;
Pas un de nos rimeurs ne voudra m'écouter.

_____

(1) Ode du nouveau regne.

Tous diront au contraire, & je crois les entendre,
Homere est moins sublime, Anacréon moins tendre,
A moi la palme, à moi, mon confrere est un sot.
Moi-même, le premier, j'ai souvent dit ce mot ;
Non qu'il m'ait échappé par basse jalousie,
Je ne connus jamais les tourmens de l'envie ;
Mais tout naïvement, quand las de travailler,
Lacrimas ou *Tardus* me forçoient à bâiller.
Je disois en fermant leurs feuillets insipides :
Parbleu ! ces auteurs-là sont bien froids & stupides.
Cependant l'art des vers est un art glorieux,
Mais il faut exceller pour célébrer les Dieux.
Et c'est lorsque je vois tant d'auteurs à la glace
Oser jusqu'à Louis élever leur audace,
Que ma bile s'échauffe, & que plein de regrets,
Je t'invoque, ô Boileau ! contre nos Colletets.
Mais, qu'entends-je, & que vois-je ? ô Ciel ! est ce une rage ?
Aux mains des Colporteurs j'apperçois mon ouvrage.
Eh ! de grace, arrêtez... Bourreaux, dites un peu,
De me déshonorer vous faites-vous un jeu ?
Qui donc vous a permis de piller le Mercure ?
Pourquoi me faire ainsi courir à l'aventure ?
Quoi ! moi, qui dans l'instant vient de vous critiquer,
Qui des sots louangeurs prétendois me moquer,
Me voilà sur les rangs ; c'est une perfidie,
Un tour abominable, une piraterie.
Encor, si plus discret, Monsieur mon éditeur,
N'eût point d'un dialogue affublé son auteur,
S'il n'eût point, pour tenter l'avidité publique,
Fait platement d'une ode un opéra-comique ;
Je pourrois par pitié lui pardonner cela.
Mais que va-t-on penser ? quels acteurs sont-ce là ?

Non, je n'en reviens pas : réponds-moi donc, pirate,
Crois-tu la rame en main être encore à Surate?
Pourquoi me vole-tu jusques à des couplets?
Pourquoi de mon épître augmenter tes feuillets (1) ?
Ce mélange peint bien par sa bizarrerie,
Le manége honteux de notre Librairie.
Ah! puisque c'est ainsi, je réclame mon bien :
Oui, je prétends user du droit de citoyen ;
Non pas en qualité d'habitant du Parnasse,
Mais comme bon François, ce titre a plus de grace.
Je le dois quand je rends mon hommage & ma foi,
Au plus aimable Prince, à mon Maître, à mon Roi.
Puisse-t-il agréer dans un cadre fidele
L'assemblage complet des preuves de mon zele.

L'ORIGINE

DE L'INOCULATION.

JUPITER, non content d'avoir fait enchaîner
Prométhée au Mont Caucafe, jura encore par le
Styx d'abandonner à toutes ses passions la race qui
devoit naître de l'homme qu'il avoit formé. Hélas!
que de malheurs causa ce funeste serment! Sans
doute que l'univers eût été livré à toute l'horreur
du crime & du désespoir, si la modestie d'une

(1) Il parut alors une petite brochure sous le titre du *Gonflement de*
la rate, dans laquelle son auteur inséra un songe & une épitre de ma
façon qu'il défigura passablement bien.

voix touchante n'eût adreffé ces mots à l'implacable
Deftin : O toi , dont le pouvoir ineffable fub-
jugue la volonté des Dieux ; toi , qui d'une
main immuable verfe le bonheur ou le malheur
fur la nature entiere , daigne , ô Deftin , être fen-
fible à mes larmes , prends pitié des infortunés
mortels. Chafte Déeffe , répondit le Deftin , peut-
on rien refufer à la modeftie? Que les générations
de l'homme de Prométhée rentrent donc dans l'harmonie générale de la Nature. J'appaiferai Jupiter,
mais il n'eft pas en mon pouvoir de faire renaître
ces tems heureux où l'innocence & l'égalité fai-
foient le bonheur des premiers mortels ; leur infortune ou leur félicité dépendront de leurs actions.
Hélas ! cette liberté devint funefte pour eux , ni
les lumieres de la raifon ni la fageffe des Loix ,
ni même l'expérience; rien ne put mettre un frein
à leurs paffions. L'amour, loin d'adoucir leur féro-
cité fut caufe au contraire des plus grands défor-
dres ; des nations entieres s'armerent pour fe dif-
puter l'empire de la beauté , au point que Jupiter
balança plufieurs fois s'il ne replongeroit pas la
nature dans le chaos. C'eft dans ces momens de
murmure que Junon , toujours vindicative , voulant
fe venger de l'avantage remporté par Vénus fur le
Mont Ida , demanda à fon époux qu'il lui fût
permis de foufler un grain de pefte fur toute
mortelle trop éprife d'elle-même , fous prétexte

que la crainte d'un pareil châtiment infpireroit un
efprit de douceur & de modeftie à celles qui
pourroient être caufe du défordre affreux dont il
fe plaignoit. Ce langage étoit fpécieux, quelques
careffes acheverent de féduire Jupiter ; il permit
tout à fon époufe. Minerve, heureufement préfente,
& qui prévoyoit les fuites fâcheufes de ce confen-
tement alloit faire fes objections ; mais Junon la
prévint & l'emmena avec une forte de violence.
Qu'alliez - vous faire, lui dit - elle ? Auriez - vous
oublié l'outrage que nous reçûmes à la vue de
tous les Dieux ? Souvenez-vous de cette fecrette
fatisfaction qu'on voyoit briller dans les yeux de
Vénus, ne fembloit-elle pas encore chercher à donner un nouveau luftre à fon triomphe en nous
mortifiant par cent propos équivoques ? Minerve,
croyez-moi, jouiffons de nos droits ; trop de clémence autorife fouvent les mortels ingrats à douter
de notre pouvoir. Eh ! quoi, répondit la Déeffe
de la fageffe, faut-il priver la terre de fes plus
beaux tréfors & ravager la nature entiere, parce
qu'un Berger efféminé a donné la préférence à
une Déeffe qui n'eft célebre que par des charmes
qu'elle déshonore ? Méprifons une gloire indigne
de nous & fouvenons-nous au contraire, que la
clémence doit être la premiere vertu des Dieux.
Ah ! s'écria Junon d'un ton ironique, quelle
diffimulation ! Eh ! pourquoi donc, fi la beauté vous

est indifférente, vous être présentée pour en disputer le prix ? Ce n'est pas devant moi qu'il faut
faire l'étalage d'une fausse modestie ; je connois
le cœur des Déesses, & votre front qui rougit
prouve combien vous êtes mortifiée que je lise si
bien dans votre ame. Un tel langage blessa extrê-
mement Minerve, mais Junon, loin de chercher
à l'appaiser, courut aussi-tôt exercer sa vengeance,
& toute la terre fut à l'instant frappée de ce funeste poison. O Junon ! s'écria l'Amour, en voyant
les ravages qu'elle causoit. Que vous ai-je fait pour
détruire ainsi mes plus beaux ouvrages ? Quoi ! la
jeunesse, la beauté, l'innocence même n'ont aucun
droit sur votre cœur. Ah ! Jupiter ne sera point insensible à mes larmes, à celles de ma mere. En
effet, Vénus toucha tellement son pere, qu'il lui
dit en l'embrassant : ma chere fille, je ne puis dé-
gager ma parole ; mais puisque Junon abuse d'un
aveu qu'elle m'a surpris, il est un moyen de prévenir les funestes effets de sa vengeance. Prépare
celles que tu veux favoriser, fais passer dans leur
sang le germe de ce fatal poison, il se manifes-
tera avec moins de danger & les soins d'Esculape
acheveront de les guérir en sauvant leurs charmes.
Vénus enchantée embrassa Jupiter par trois fois,
& comme l'étoile brillante du soir, dont les feux
étincellent tout-à-coup au milieu de l'azur de l'em-

pirée, elle s'élance hors de l'Olympe, & descend d'un vol rapide trouver son fils.

Appuyé sur son arc, l'Amour l'attendoit en tremblant. Cesse de t'allarmer, lui dit-elle, je possede un antidote souverain; mon pere m'en a fait part. A ces mots, l'Amour se précipite dans ses bras, & la couvre de mille baisers. Que cent amans, s'écria-t-il, en reconnoissance de ce bienfait, triomphent en ce moment du cœur insensible de leurs maîtresses! Alors Vénus, secondée d'Esculape, ne perdit pas un instant; mille & mille beautés furent inoculées, & toutes guérirent. Minerve qui présida à la naissance d'ANTOINETTE d'AUTRICHE, voulant que la France vît régner sur son Trône la beauté réunie à toutes les vertus, se chargea d'appliquer ce remede à cette auguste Princesse; aussi ses charmes augmentent tellement de jour en jour, qu'ils font le châtiment & la honte de Junon.

François, c'est aussi pour mieux assurer votre bonheur, que la Déesse de la sagesse veille sur les jours de vos Princes; de même que Thétis par tendresse pour Achille son fils, elle veut les rendre invulnérables aux atteintes d'un poison qui pourroit les surprendre.

Grands Dieux! Vous dont la main daigne affermir le trône,
Qui nous avez donné le plus juste des Rois,

Conservez-

Conſervez-nous Louis. Digne dé la Couronne
Ses vertus chaque jour honorent votre choix.
Laiſſez-lui partager au ſein de ſa Famille,
Le bonheur qu'il ſe plaît à répandre ſur nous.
Que la blancheur du Lis, que l'éclat dont il brille
Soit l'emblême ſacré du regne le plus doux.
Et toi, du Dieu d'Hymen, Mirthe chéri de Flore,
Sois ſans ceſſe à nos yeux l'ornement de la Cour.
Qu'une Reine charmante, à l'Epoux qui l'adore
Renouvelle ſouvent les fruits de ſon amour.

COUPLETS

Sur la Naiſſance de MADAME.

AIR : *Si des galans de la Ville,* &c.

Mes amis, votre ſurpriſe
Va ceſſer dans le moment;
Ce n'eſt point une mépriſe,
Nature agit ſagement.
Oui, c'étois une Princeſſe
Qui devoit naître d'abord.
Livrez-vous à l'allégreſſe
Ou jugez-moi ſi j'ai tort.

AIR : *Que ne ſuis-je la fougere,* &c.

Ne voyez-vous pas l'Aurore
Se lever avant le jour,
Et dans l'empire de Flore,
Les Graces guider l'Amour?

G

La Renommée & la Gloire
Ne précedent les Héros,
Que pour chanter la victoire
Et couronner leurs travaux.

AIR : *Ton humeur est, Catherine,* &c.

Une preuve plus complette
De cette infaillible loi,
Voyez l'aimable ANTOINETTE,
Voyez notre jeune Roi,
L'humanité, la justice
Préparoient en leur honneur,
Le regne le plus propice,
Et notre commun bonheur.

AIR : *Non, non Colette n'est point trompeuse,* &c.

Non, non, nature n'est point trompeuse,
Elle prépare un Dauphin.
Dans cette attente flatteuse
Chantons, donc, soir & matin :
Allons danser sous ces ormeaux,
Animez-vous, jeunes fillettes,
Allons danser sous ces ormeaux,
Galans, prenez vos chalumeaux.
Répétez tous ma chansonnette
Et dans l'attente d'un Dauphin
Faites entendre ce refrain :
Vive LOUIS, vive ANTOINETTE.

En Chœur.

Allons, dansons sous ces ormeaux,
Animons-nous, jeunes fillettes,
Allons, dansons sous ces ormeaux,
Galans, prenons nos chalumeaux.

CANTIQUE

Sur la naissance de Monseigneur le Duc de
Normandie, fait pour le Couvent de ***.

O jour heureux, jour fortuné,
Un nouveau Prince nous est né (1),
Béni, soit, qui nous l'a donné.
Alleluia, alleluia.

Graces, gaîté, chastes amours,
Veillez sans cesse sur ses jours,
Venez en prolonger le cours.
Alleluia, alleluia.

Oui, tout s'annonce en sa faveur,
L'instant, le jour & notre cœur
Prouvent d'avance son bonheur.
Alleluia, alleluia.

Semblable à notre cher Dauphin,
Le portant tous dans notre sein,
Nous chanterons ce doux refrain :
Alleluia, alleluia.

Illustre Roi, que tes enfans
Soient toujours justes, bienfaisans !
Inspire-leur tes sentimens.
Alleluia, alleluia.

(1) Le Prince est en effet né au soir, la veille de Pâques.

G 2

Vous, Reine que nous adorons,
Donnez-nous toujours des Bourbons,
D'un cœur sincère nous dirons
Alleluia, alleluia.

CANTATE

Sur le même sujet.

DE Louis, en ce jour, partageons l'allégresse,
Que l'encens le plus pur s'exhale en son honneur !
Un Prince nouveau né, gage de sa tendresse,
Vient fixer parmi nous la gloire & le bonheur.

Cœurs tendres & fideles,
Jeunes épour, imitez votre. Roi.
Que ses vertus vous servent de modeles,
La constance en amour est la premiere loi.

Venez & par de saints cantiques
Du Dieu d'Hymen célébrez les douceurs.
Qu'aux sons harmonieux des chants patriotiques
Antoinette & Louis reconnoissent nos cœurs.

CHŒUR.

Jurons, jurons d'être à jamais fideles,
Imitons les vertus de notre auguste Roi.
Antoinette & Louis, vous serez nos modéles ;
La constance en amour est la premiere loi.

Enfant de la Patrie,
Oui, ton destin est d'être heureux.
Le jour que tu reçois la vie
Est un des jours les plus joyeux.

FLORE elle-même vient de nature,
Et veut couronner de ses dons
Celle qui t'a donné l'être;
L'auguste Mere des Bourbons.

Cœurs tendres & fideles
Jeunes époux, répondez à ma voix.
Qu'ANTOINETTE & LOUIS vous servent de modeles;
La constance en amour est la premiere loi.

CHŒUR.

JURONS, jurons d'être à jamais fideles,
Imitons les vertus de notre auguste Roi.
ANTOINETTE & LOUIS, vous serez nos modeles;
La constance en amour est la premiere loi.

VERS

Sur le même sujet.

SUR nos fiers ennemis, favori de la gloire
Le Dauphin en naissant, annonça la victoire.
De même, jeune Duc, tout affirme aujourd'hui
Que tu seras des Lis & l'honneur & l'appui.
La paix, l'heureuse paix préside à ta naissance,
Le printems avec toi ramene l'abondance,
Et Pâques t'attendoit pour paroître avec lui.

G 5.

AUX POETES DU JOUR,

Sur le même sujet.

EH ! mes amis, parlez-nous sans emblême,
Ce n'est ni le Soleil, Hercule ni l'Amour
    Que notre Reine a mis au jour.
C'est un Dieu, dont le nom fameux & par lui-même
L'emporte de beaucoup sur la céleste Cour.
Comme vous, j'en conviens, j'eus d'abord la bêtise
De descendre aux Enfers, d'escalader les Cieux ;
    Mais convaincu de ma sottise,
Je laissai là la Fable & Messieurs les faux Dieux,
En effet : ce clinquant n'est que du persiflage,
Car de quoi s'agit-il ? n'est-ce pas d'un Bourbon ?
    Eh ! pourquoi donc tant d'étalage,
Lorsqu'on peut enrichir ses vers d'un si beau nom ?
Qu'ai-je besoin aussi pour chanter notre Reine ;
Pour peindre d'un seul trait ses graces, sa beauté,
    D'aller troubler l'eau d'Hyppocrene ?
Je la nomme & j'ai peint une Divinité.
    Pour notre Roi j'en fais de même :
Sa bonté, son esprit, sa franchise sur-tout
    Font l'ornement du Diadême,
Et nos cœurs en l'aimant, sans rimer, disent tout.
Or l'enfant, qui du Ciel aujourd'hui reçoit l'être,
Ressemblant à son pere ainsi que le Dauphin,
Pour être digne en tout du sang qui l'a fait naître,
N'attend pas de nos vers son glorieux destin.
Croyez-moi, faites-en gaîment le sacrifice.

De même que les miens qu'ils servent de brandons;
Alors en allumant un beau feu d'artifice,
Chantons vive à jamais la tige des Bourbons.

COUPLETS

Sur l'entrée de MADAME à Paris le 14 Juillet
1773, jour de Saint Bonaventure.

AIR: *La bonne aventure, ô gué, &c.*

CHACUN d'avance seroit
   Saint Bonaventure,
Un tel Patron promettoit
   Un heureux augure.
De fait, MADAME, arriva:
Aussi tout Paris chanta,
La bonne aventure, ô gué,
   La bonne aventure.

SATISFAITE de nous voir
   Elle sembloit dire,
C'est le cœur, non le devoir
   François, qui t'inspire.
Oui, de la meilleure foi,
Princesse, il voit dans son Roi
Sa bonne aventure, ô gué,
   Sa bonne aventure.

TOUS les jours, à tous momens,
   Venez nous surprendre,
Constans dans nos sentimens,
   Vous pourrez entendre

G 4

Qu'avec le même transport,
Nous nous écrirons d'abord,
La bonne aventure, ô gué,
    La bonne aventure.

PUISSE l'hymenée un jour,
    Aimable Princesse,
Applaudir avec l'amour
    A notre allégresse ;
Contens de votre bonheur ;
Nous chanterons de grand cœur,
La bonne aventure, ô gué,
    La bonne aventure.

VERS

En l'honneur de Monseigneur LE DAUPHIN &
de Madame LA DAUPHINE, sur leur entrée
dans Paris.

MUSES, préparez-vous, j'entends déja les heures,
Venez, que vos concerts annoncent leur retour ;
L'Aurore va quitter ses humides demeures,
    Pour vous donner le plus beau jour.

CHANTEZ : elle paroît. Que sa Cour est brillante !
Les Dieux vont-ils former un nouvel univers ?
Sur un char de rubis la Déesse riante
    Descend & parfume les airs.

DE ses rayons épars le Saphir & l'Opale
Mélangent tour-à-tour leurs mobiles couleurs,
Flore, embellissez-vous, l'amante de Céphale
    Veut aujourd'hui s'orner de fleurs.

QUEL beau jour en effet! quelle vive allégresse!
Nous allons donc jouir des enfans de mon Roi?
Ah! LOUIS, reconnois au zele qui nous presse
    L'amour que nous avons pour toi.

BRISSAC, brave Guerrier, les dons de l'homme aimable
Brillent plus que jamais sur ton front, dans tes yeux,
Goûtes donc avec nous le plaisir délectable
    De voir la DAUPHINE en ces lieux.

CITOYENS, la voici, volons... Dieux! qu'elle est belle!
Quel air majestueux! quel regard plein d'attraits!
Son esprit, sa gaîté, ses graces, tout en elle
    Répond à l'éclat de ses traits.

ET toi, notre DAUPHIN, puisse cette journée
T'inspirer, t'éclairer dans tes nobles projets!
D'un Prince vraiment grand l'heureuse destinée
    Tient à l'amour de ses sujets.

CANTATE

Sur le même sujet.

NYMPHES, qui présidez sur ce charmant rivage,
Rassemblez votre cour aux accens de ma voix.
Nayades approchez, préparez votre hommage:
Une jeune beauté s'avance, je la vois.
    Volons, volons : Dieux! qu'elle est belle!
    Semons des roses sur ses pas:
    C'est la Dauphine, oui, c'est elle;
    Semons des roses sur ses pas.

ASTRE du jour, que ta lumiere
Se fixe aujourd'hui fur nos bords;
Viens, Apollon, viens fur la terre
Nous inspirer par tes accords,
    Aux fons de fa lire
    Mêlons nos accens,
    Qu'un divin délire
    Echauffe nos fens.
    Aimable Princeffe,
    Reftez parmi nous
    Ou venez fans ceffe,
    Vous & votre époux.

VOTRE naiffance vous couronne;
Mais vos talens, votre beauté,
Vous euffent fait monter au Trône:
Qui plus que vous l'eût mérité?
Les Dieux en vous formant fi belle
Ont voulu parer la vertu,
Pour mieux avertir notre zele
Du tendre amour qui vous eft dû.
    Aimable Princeffe,
    Reftez parmi nous
    Ou venez fans ceffe,
    Vous & votre époux.

O Toi, puiffante Souveraine,
THÉRESE, voilà de tes traits;
Ta fille digne d'être Reine,
Regne déja par fes bienfaits.
Telle au printems on voit l'Aurore
Sourire en derançant le jour;

Tels les Zéphirs au fein de Flore,
Des fleurs annoncent le retour.
  Aimable Princesse,
  Restez parmi nous
  Ou venez fans cesse,
  Vous & votre épour.

PLAINTE

Des Bourgeois de Passy, & renouvellée par ceux
de Saint-Cloud, contre les Parasites curieux.

Messieurs, soyez les bien venus,
Nous partageons fort votre zele;
Mais en honneur nos revenus
Vont à ce train être en tutelle.
Le Roi fans doute est bon à voir
Soit à la Cour, soit au village,
C'est un plaisir, non un devoir
Que de venir lui rendre hommage.
Aussi tout vous semble permis,
Chacun de vous si bien s'ajuste,
Que les amis de vos amis,
Pour célébrer le nom d'auguste,
Viennent forcer notre logis.
Trouver d'abord la matelotte
Et le vin frais, c'est fort joli.
Mais venir toute une galliotte,
Ma foi ! Messieurs, c'est trop aussi.
Le Roi connoit votre tendresse,
Venez le voir, c'est fort bien fait.
Mais du Traiteur, voilà l'adresse

Allez y donc le prix est fait (1) :
Non que ceci soit par lezine,
L'amour que nous portons au Roi
Feroit tripler notre cuisine,
Si trop d'abus ne faisoit loi.
Lui-même en ça nous montre à vivre ;
Il retranche les excédens.
Suivons la route qu'il veut suivre,
C'est le moyen d'être prudens.
Que nos amis par excellence
Viennent joyeux, le verre en main,
Dire en chorus avec la France :
Vive notre cher Souverain !
Oh ! c'est alors qu'en abondance
Nous prodiguerons notre vin ;
Mais que sous l'air d'aimer le Prince,
Mille gourmets doublent le pas,
Qu'il en arrive de Province
Qu'avant on ne connoissoit pas,
Que des badauts de cent especes,
De curieux colifichets,
De faux Marquis, joueurs, comtesses,
De pomponés petits-colets
Croient pouvoir être des nôtres ?
Non, non, Messieurs, bonjour, bonsoir ;
Allez piquer, mais chez les autres :
Et vous aussi, rêveurs en noir,
Froids raisonneurs, faux politiques,
N'affoiblissez pas notre espoir
Par vos fantômes polémiques.

---

(1) On avoit été obligé de tarifer les comestibles.

Louis est franc, plein d'équité;
Nous nous moquons des parafites,
Et nous buvons à fa fanté...
Mais bon : voici de nos vifites...
Un autre encor de ce côté !
Oh ! par ma foi, je le répette,
Nos Princes font fi fort chéris
Que dans cent ans foule complette
Nous arriveroit de Paris.

Divine Hébé , Reine charmante,
Ceffez de vous faire adorer,
Ou que notre fortune augmente,
Sans quoi l'on va nous dévorer.

ENVOI.

Jadis des champs de la victoire,
Le bon Curé de Fontenoi
Ofa préfenter un mémoire
De cés obits au défunt Roi.
Riche de gloire & pauvre en fomme,
Il prouva fort adroitement
Qu'il devoit vivre de mort d'homme.
Nous, nous penfons bien autrement;
Nous demandons à pouvoir faire
Vivre gaîment tous bons vivans,
Ouvrir chez nous table pléniere,
Boire à cœur joie à tous venans.
Divine Hébé , Reine charmante,
Ceffez de vous faire adorer,
Ou que notre fortune augmente,
Sans quoi l'on vient nous déroger.

LA NYMPHE DE MARLY.

IDYLE

Sur le succès de l'inoculation des Princes.

MYRTIL.

Quel chant mélodieux frappe ici mon oreille !
Qui peut en ce moment faire éclater sa voix ?
Quoi ! c'est vous, jeune Aris ? Diane encor sommeille
Et vous venez chanter si matin dans ces bois ?

ARIS.

Eh ! qui ne chanteroit ? apprends une nouvelle,
Louis n'a plus à craindre un monstre redouté,
Ses jours sont affranchis de l'atteinte cruelle
De cet affreux poison qui flétrit la beauté.

MYRTIL.

Seroit-il bien possible ! & ses augustes freres
Ainsi qu'Elisabeth, sont-ils hors de danger ?

ARIS.

Oui, les Dieux protecteurs, touchés de nos prieres,
N'ont exposé leurs jours que pour les ménager.

MYRTIL.

O Ciel ! vous daignez donc combler notre espérance,
Belle Aris, jeune Nymphe, ah ! que m'apprenez-vous ?
Que ne puis-je à l'instant calmer toute la France,
Lui faire partager un plaisir aussi doux !

Sur un Portrait en miniature de la Reine, peint
supérieurement & très-reffemblant.

Les graces & l'efprit, la douceur & l'amour
Voulant s'unir & mettre au jour
Le modele parfait de leur rare affemblage,
Promettent de pofer chez *Veftier* tour-à-tour.
Lui, pour mieux les faifir & fans tant d'étalage
Part auffi-tôt, vient à la Cour.
Là, peignant ANTOINETTE, il acheve l'ouvrage;
Et trait pour trait fait voir à fon retour
Les graces & l'efprit, la douceur & l'amour.

AU ROI.

MADRIGAL.

Jeune & fage Monarque, en vain notre tendreffe,
Entre mille furnoms cherche à fixer fon choix.
Comment y parvenir, lorfque dès ta jeuneffe
Pere de tes fujets, tu montres à la fois
Les talens, les vertus, la bonté, la fageffe
De nos plus grands & de nos meilleurs Rois?

VERS

Mis au bas d'un Portrait de Madame ÉLISABETH.

SA beauté, sa douceur, cet air si gracieux,
Le respect qu'elle inspire en la voyant paroître,
Et sur-tout la bonté de son cœur vertueux
Prouvent sans la nommer le sang qui l'a fait naître.

LE TEMPLE

DE LA JUSTICE.

SONGE.

TRANSPORTÉ tout-à-coup au milieu d'une isle
escarpée, je n'apperçois qu'un pont fragile & dont
la vétusté me fait craindre, d'abord, d'en hasarder le
passage. Cependant je m'approche & je vois qu'il
conduit jusqu'au pied d'une montagne très-élevée.
Au-dessus dominoit un vieux Château, dont la
structure gothique sembloit annoncer qu'il étoit
aussi ancien que la montagne elle-même. Une foule
immense de peuples couvre à l'instant cette isle,
& vient se presser à la fois sur ce pont si fragile.
Je demande alors : Où sommes-nous, où allons-nous
& quelle nouveauté attire tant de monde ? Personne
ne

ne me répond, les uns étoient tellement occupés
à se disputer, les autres à réfléchir profondément,
que je pris le parti de me taire & d'attendre que
je fusse arrivé. Parvenu au pied de la montagne,
j'apperçois deux chemins, l'un, où les trois quarts
de ceux qui se présentoient étoient répoussés,
sans doute par une main invisible, offroit une
pente douce bordée d'arbustes odoriférans, l'autre
rocailleux, aride, plein d'épines & de ronces de-
venoit d'autant plus difficile & périlleux que la
plus grande partie de la foule étoit forcée de
prendre ce sentier. Enfin j'arrive au sommet de
la montagne. Une seule porte basse & fort étroite
formoit l'entrée du Château. Quel fut mon éton-
nement, lorsqu'après m'être retiré un peu à l'écart,
je vis que la plupart de ceux que j'avois vu
entrer, & qui par la richesse de leurs vêtemens,
la fierté de leur maintien annonçoient des gens de
la plus grande opulence, étoient offerts avec mépris
aux yeux de la multitude, & jetés impitoyablement
par les fenêtres du Château, & que ceux au contraire qui s'étoient présentés avec un air simple &
modeste, sortoient en triomphe par le vestibule &
richement vêtus des dépouilles des premiers. Un
spectacle aussi extraordinaire me frappa encore de
plus d'épouvante. Que vais-je devenir, m'écriai-je!
Je prononçois à peine ces mots, que je me trouvai
dans une salle d'une grandeur immense, au pied

H

d'un trône superbe. Là, étoit assise une femme de
la plus grande beauté : un mélange de sévérité &
de douceur étoit imprimé sur son front & brilloit
dans ses yeux. La noblesse de son maintien, son
air majestueux, l'appareil imposant des attributs
qui l'environnoient & le silence qui régnoit en ce
lieu, tout inspiroit le respect & la crainte. Cependant l'organe touchant de cette femme me péné-
trant d'une douce confiance je lui adressai ces mots :
O puissante Déesse, qu'exigez-vous d'un simple
mortel ? Pourquoi m'ordonnez-vous de venir à vos
pieds ? Rassurez-vous, dit la Déesse, vous sortez
de l'isle de la Conscience, & vous voici maintenant dans le Temple de la Justice. C'est Thémis
qui vous parle. Sur ces bulletins sont écrits les
noms de toutes les richesses, des plaisirs & des
dignités imaginables : mettez-les donc, continua-
t-elle, dans cette balance en opposition à ce seul
billet cacheté, & jugez de l'effet. Je pris alors
confusément d'une main tremblante des bulletins
sur lesquels je lisois or, pierreries, beauté, esprit,
talens, &c ; mais plus je comblois mon bassin de
trésors & de tout ce qui peut flater les desirs &
l'ambition, plus je voyois que je ne parviendrois
jamais à faire pencher la balance de mon côté.
C'est assez, dit Thémis, votre peine seroit inutile,
le poids qui l'emportera toujours est renfermé dans
ce papier, aussi-tôt elle le déploie, & je lis ces

mots gravés en lettres d'or : *Piété & Charité.*
Voilà, mon enfant, reprit-elle, voilà les biens
réels, & quiconque les possede est fait pour être
heureux & faire le bonheur des autres ; deux
jeunes époux que l'univers admire & que votre
nation adore confirment cette vérité. Les voici :
Aussi-tôt un nuage se dissipe, & je vois assis à la
place de Minerve ce couple aimable, elle-même
les couronne. Dieux ! m'écriai-je, c'est mon Roi ;
oui, c'est lui-même, dit la Déesse ; & tout-à-coup
un concert de voix mélodieuses répéterent à l'envi :
VIVE ANTOINETTE ET SON ÉPOUX, VIVE LOUIS.
Frappé de ce prodige, je me réveille en chantant
moi-même ces paroles :

AIR : *Dans nos hameaux la paix & l'innocence, &c.*

COUPLE adoré qui regne sur la France,
Tendres époux, vivez toujours heureux.
Nous avions mis en vous notre espérance
Et vos bienfaits déja comblent nos vœux.
Minerve un jour au pied de votre buste
En lettres d'or inscrira votre nom,
LOUIS seize sera, LOUIS le juste,
Le tien, MARIE, est gravé sur ton front.

LES Dieux, exprès, ô Reine bienfaisante,
Tont prodigué l'esprit & la beauté,
Pour qu'à nos yeux ce miracle présente
Le vrai portrait de la Divinité.

Et toi, THÉRESE, illustre Impératrice,
De tes vertus nous sentons tout le prix,
De nos états tu deviens la tutrice
En nous donnant l'enfant que tu chéris.

VERS

A L'EMPEREUR,

Sur ce qu'il a bien voulu honorer de sa présence
les exercices des sourds & muets chez M. l'Abbé
de l'Épée, & combler ses jeunes éleves de
ses bienfaits.

TEL que l'astre du jour par sa vive influence
Fit raisonner l'airain en l'honneur de Memnon,
Tels nos sens agités, JOSEPH, en ta présence
Reçurent, tout-à-coup, la même impression
    Oui, Prince, encor quelques instans
Nous entendions les sons de ta voix énergique,
Et la nôtre plus libre alloit en même tems
Célébrer les vertus de ton cœur héroïque.
Quel plaisir en effet, qu'il est délicieux
De pouvoir exalter la sagesse profonde
D'un Roi qui, non content de rendre un peuple heureux,
    Va faire encor le tour du monde,
Pour répandre en secret des secours généreux!
Mais las, ce fut en vain ; ta noble modestie
Te dérobant l'effet que tu faisois sur nous,

Tu fortis au moment que ton divin génie
A nos fens enchaînés portoit les derniers coups.
Ah! Joseph, quels regrets de rester fans organe;
De ne pouvoir chanter un Prince vertueux,
Lorfque de vils flateurs d'une bouche profane
Cent fois ont célébré des Tyrans odieux!

     Qu'il feroit doux de nous entendre,
Si pour répondre aux foins de notre Inftituteur;
Nous pouvions exprimer ce qu'il nous fait comprendre
Avec tant de plaifir, fur notre Bienfaiteur!
Si pour récompenfer cet aimable interprète
Nous pouvions, en ce jour, d'une unanime voix,
Offrir auffi nos vœux à l'illuftre Antoinette,
A fon augufte époux, le meilleur de nos Rois!
C'eft alors qu'infpirés par la reconnoiffance
Nous ferions retentir de fublimes accens,
Mais hélas! puifqu'il faut te bénir en filence,
Grand Prince, daigne au moins agréer notre encens.
Daigne te fouvenir, qu'ami du vrai mérite,
Si le François admire il chérit encore plus
Un Monarque éclairé qui voyage fans fuite,
Pour, femblable à Solon (1), accroître fes vertus.

(1) Solon dont le courage parmi les Grecs égaloit l'efprit, voyagea
en Egypte & en Lydie pour perfectionner fes loix & s'éclairer fur les
moyens de faire le bonheur de fa Patrie.

H 3

COUPLETS

Au sujet de l'anonyme que garde l'Empereur.

AIR : *Nous sommes précepteurs d'amour , &c.*

Ovide prétend qu'autrefois
Les Dieux descendoient sur la terre,
Pour enlever en tapinois
Les jeunes filles à leur mere.

MAIS, aujourd'hui, c'est autrement :
S'ils veulent rester anonymes,
C'est pour pouvoir plus aisément
Etre chastes & magnanimes.

AUSSI Jupin, qui parmi nous
Incognito vient de descendre,
Est-il humain, affable & doux ?
Chacun le voit & peut l'entendre.

OUI , si j'étois plus malheureux,
Ou bien Buffon, ou grand artiste,
Son cœur sensible & généreux
M'auroit aussi mis sur sa liste.

JE le verrois me prévenir,
Ce Dieu si bon , si tutélaire ,
Pour savamment m'entretenir,
Ou m'arracher de la misere.

Mais laissons la Fable & l'erreur ;
Tant de grandeur, tant de sagesse,
N'appartiennent qu'à l'Empereur,
Voilà le nom qui m'intéresse.

Pourquoi, Joseph, cacher ton rang ?
Le cœur à l'instant te devine ;
Oui, tes vertus plus que le sang
Prouvent d'abord ton origine.

EXPLICATION

D'un Dessin allégorique à la gloire du Roi
& de l'Empereur, sur son voyage en
France. Ce Dessin fait par un très-habile homme, est sous un verre de 36. 26.
& appartient à l'Auteur qui en a donné
l'idée.

La Sagesse satisfaite de la nouvelle alliance qu'elle
a cimentée entre la France & l'Empire, inspire à
Joseph II le desir de venir partager avec son auguste sœur & le Roi son epoux la gloire & le
plaisir de rendre deux peuples heureux.

Ce Dessin représente donc d'abord Louis XVI
& l'Empereur conduits au Temple de l'Amitié
par la Sagesse, sous les traits de Thérese. C'est dans

H 4

cet inflant que le Roi défigne les monftres deftruc-
teurs, de la tranquillité publique, terraffés au pied
d'un monument élevé en l'honneur de l'Humanité.

A l'entrée, du Temple de l'Amitié, on voit la
Reine qui vient au devant d'un vieillard & d'une
mere qui lui préfente fa famille.

L'Union, la Force & la Santé accompagnent
Monfieur & Monfeigneur le Gomte d'Artois, qui fe
dirigent auffi vers le Temple de l'Amitié.

La France portée fur des nuages eft précédée d'un
Coq & d'un Aigle, fymboles des deux nations.

L'Harmonie célebre la gloire & les vertus des
Rois, pendant que Clio grave leurs noms immortels.

Hébé couronne la France & fait porter par des
Génies un vafe dans lequel elle entretient un Lys
à plufieurs tiges, emblèmes de nos jeunes Princes.

Le Tems, pour témoigner qu'il moiffonne à
regret les bienfaits de l'Humanité, a abandonné
fa faulx; des Génies fe jouant couronnent cette
allégorie & femblent exciter la Renommée à aller
publier à l'univers, que c'eft dans le mois de Mai
que l'Empereur eft venu honorer la France de fa
préfence. Ce mois eft defigné par le figne des Gé-
meaux, lequel forme heureufement, ici, un nouvel
emblême de l'amitié fraternelle.

AUTRE DESSIN.

LE Génie tutélaire de la France, tenant un Lys,
défigne un médaillon dans lequel on voit, fur les
degrés du Temple de la Félicité, l'Efpérance venir
au-devant de la France. Elle lui offre le Dauphin
nouveau-né. La Bienfaifance qui l'accompagne
fait remarquer à la Santé qui porte le livre des
Deftins que ce jeune Prince aura les vertus de
fon pere. Des enfans font un facrifice fur l'autel
de l'Hymen. De petits Génies fe jouant dans les
airs célebrent gaiement cet événement mémorable
que la Renommée va publier à l'univers. Une
chaîne d'or furmontée d'une couronne de Myrthe
& de Rofe environne le médaillon auquel eft attaché le portrait de la Reine. On lit au bas :

Augufte Enfant, doux efpoir de la France,
La Fille de THÉRESE en te donnant le jour,
    Te fait jouir dès ta naiffance
Des lauriers de la gloire (1) & des dons de l'amour.

---

(1) Le Dauphin eft né juftement le jour qui a été annoncé.

A M. D'ALEMBERT,

Sur l'emploi généreux qu'il fait de la premiere année de la pension qu'il tient de Madame Geoffrain.

Regretter ſes amis, publier leurs bienfaits,
Offrir en leur honneur d'en faire le partage,
On reconnoît d'abord, d'Alembert, à ces traits,
Et qui connoît ſon cœur l'admire davantage.

A M. LE MARQUIS DE LA FAYETTE,

Sur ſon retour à Paris.

Le front ceint de lauriers, conduit par la victoire,
Marquis, venez jouir d'un moment de repos ;
Tout Paris vous attend, & l'Amour & la Gloire
Veulent aux yeux d'Hymen couronner le Héros.

A M. LE COMTE DE VERGENNES,

En lui dédiant l'eſtampe des tréſors de la Paix.

Muses, filles des Cieux, beaux arts, noble induſtrie,
Venez, ranimez-vous dans le ſein de la paix.
Louis, dont l'œil actif veille ſur la Patrie
L'invoquoit chaque jour pour combler ſes bienfaits.

Qae cent tributs offerts en l'honneur DE VERGENNES,
Du couchant à l'aurore exaltent ses travaux.
De l'Océan captif il brise enfin les chaînes,
Et mêle l'olivier aux lauriers des Héros.

Sur celle de la Fécondité, ou Vénus allaitant les
Amours, dédiée à Madame la Comtesse DE
VERGENNES.

COMPAGNE de la paix, douce Fécondité,
Prodigues tes faveurs en l'honneur DE VERGENNES.
Le tableau consolant de la félicité
Doit au moins chaque jour le payer de ses peines.
Et vous, enfans chéris : croissez & dans vos jeux,
Couronnez, célébrez son auguste famille.
De sa postérité soyez l'emblême heureux ;
Qu'elle illustre à jamais la gloire dont il brille.

A M. LE COMTE DE VERGENNES,

Pour le remercier d'un huilier d'argent dont il
fit présent, le 19 Mars 1783 à Mademoiselle
C***, Nièce de l'Auteur, laquelle lui avoit
dédié une estampe qu'elle venoit de graver.

DE l'olivier chéri dont la divine Astrée
Vient de ceindre le front d'un de nos meilleurs Rois,
La gloire t'appartient & la Paix assurée
Va donc enfin jouir, VERGENNES, de ses droits.

Pour moi, que tu choisis comme une autre Vestale,
Qui reçois en ce jour le vase précieux
Où je dois conserver son huile virginale,
Je ne vois qu'en tremblant ce présent glorieux.
Quel devoir il m'impose & qu'il est difficile,
VERGENNES, de remplir dignement cet emploi!
Mais que dis-je? ce don n'est qu'un emblême utile,
Un instrument de l'art que j'exerce pour toi.
L'huile sous mon burin coulera toujours pure;
Ainsi tu l'employas pour guérir tous nos maux,
D'Albion même aussi tu pansas la blessure
Et l'Europe n'a plus que des amis rivaux.

A M. LE CHEVALIER DE VERGENNES,

Qui voulut bien me prêter son épée, ayant oublié la mienne, au moment que j'allois rendre
mon hommage à Madame la Comtesse sa mere.

QUE faites-vous, Monsieur le Chevalier,
Vous vous opposez donc aux vœux de votre pere?
Lorsqu'il signe la paix, qu'il fait concilier
Tant de grands intérêts qui divisoient là terre,
Vous-même avec gaîté, sans vous faire prier,
    Me remettez une arme meurtriere?
Mais, pardonnez, c'est moi qu'on pourroit accuser,
    Qui suis cause de la méprise.
C'est moi qui dois chercher à m'excuser
    Et publier votre franchise.
Oui, je veux que l'on sache, aimable Chevalier,
Avec quelle douceur, avec quel air affable,

Vous accueillez un étranger ;
Vos talens, votre esprit, votre humeur agréable
Percent d'abord, & j'ai su vous juger.
L'honneur d'être armé par vous-même
Est un gage certain que j'en sens tout le prix,
Et cette épée est un emblème
Que dans l'instant j'ai bien compris.
Vous me l'avez offert pour la décence,
Mais moi, la recevant dans l'Hôtel de la Paix (1)
Je me suis dit, voilà le repos de la France.
Loin, donc, de l'orner de Cyprès,
De branches d'olivier, de guirlandes de chênes (2)
Décorons-la pompeusement.
Et le Myrthe & le Lis consacrés à VERGENNES
Doivent être à jamais son unique ornement.

PLACET

A LA REINE,

Pour la Niece de l'Auteur.

AIR : *Avec les jeux dans le village, &c.*

ON compte, en vain, dans ce bas monde
Sur ses travaux, sur ses projets,
Si le bonheur ne les seconde,
Souvent ils restent sans succès.

---

(1) C'est ainsi que je nomme la partie du château qu'occupe M. le Comte de Vergennes.

(2) C'est la Couronne Civique.

Il n'est prudence, il n'est sagesse;
Le premier point est d'être heureux.
Un seul regard, grande Princesse,
Et mon bonheur passe mes vœux.

L'ART sublime de la peinture,
Cet art par l'amour inventé
Puise ses traits dans la nature,
Son vrai modèle est la beauté.
C'est donc à vous, belle Princesse,
Qu'est dû l'honneur de ces tableaux;
Si leur sujet vous intéresse,
Ils deviendront encor plus beaux.

D'UN seul regard la jeune Flore
Fait naître les fleurs du printems,
Le vôtre plus charmant encore
Inspire, anime les talens.
Oui, tout flatte mon espérance:
Vous souriez à mes essais,
  C'est d'aujourd'hui que je commence
A répondre de mes succès.

ÉPIGRAMME.

LICIDAS au nez plat, à la maigre encolure,
S'étonnant au Palais qu'un fait très-criminel
Prît contre son avis une honnête tournure
S'écria, quel bonheur a ce monsieur un tel !
Si c'étoit moi, morbleu ! chétive créature,
On diroit sans pitié qu'on lui rompe les os.
Non, l'ami, dit un Juge entendant ce propos,
Jamais nous ne jugeons les gens sur la figure.

MES SENTIMENS.

LA médiocrité souvent est un bienfait,
Et qui veut être heureux de peu se satisfait.
Quoi ! j'irois lâchement, encenser d'autres hommes?
Leur affirmer qu'ils sont tout autres que nous sommes?
Non, que l'ambitieux se dispute les rangs,
Qu'il rampe en vil esclave à la porte des Grands,
Pour moi, soit noble orgueil, soit sagesse, indolence,
Je crains par le mépris d'acheter l'opulence.
Dieu, les Loix & mon Roi, l'honneur, la liberté,
Voilà les seuls trésors dont mon cœur soit tenté.

A MADAME

LA COMTESSE DU DEFFANS.

Sur ses avis aux hommes & aux Turcs.

LA Muse qui dicta ses avis excellens
　　Ne peut manquer d'être applaudie,
Lorsqu'à l'esprit, la gaité, les talens
　　On joint les graces de Délie,
L'amour prend sa défense & rit à nos dépens.
Quels tours ingénieux ! quelle aimable saillie !
　　A bas Messieurs les Ottomans,
　　Plus courageux que la Russie
　　Joli minois bat les Sultans.
　　L'Europe même a le sort de l'Asie,

Quoi ! nous François, nous si tendres amans,
Une beauté devient notre ennemie ?
Comtesse, c'est d'honneur blesser le droit des gens,
Oh bien, pour vous punir de cette étourderie,
Nous cesserons d'être inconstans.
Gagnerez-vous, dites-moi, je vous prie,
De voir à vos genoux d'éternels soupirans ?

F R A G M E N T

D'une epître, en demandant un service à M.***,
qui me le rendit sur le champ.

DERNIÉREMENT Seigneur Mercure
Entrant chez moi papier en main,
Me demanda ma signature
Du ton, de l'air le plus humain.
Il faut, dit-il, me satisfaire
Sceller cet effet au porteur.
Huit cents écus feront l'affaire,
Et vous en êtes débiteur.
Il disoit vrai : quelle réplique ?
Prendre la plume & m'engager
Fut la réponse laconique
Dont j'honorai ce messager.
En acceptant pareille traite
J'en prévoyois tout l'embarras ;
Mais ne pouvant faire retraite
Il me fallut sauter le pas.
Or dans dix jours de bonne date ;
Je dois, ami, me tenir prêt

Ou recevoir un coup de patte
Du dieu d'un diable de protêt.
Comment! pour si petite somme
Faudra-t-il être protesté,
Quand je proteste en galant homme
De rembourser l'argent prêté?
Non, non, je suis sûr que ta bourse
De bonne grace va s'ouvrir.
Quel tréforier! quelle ressource
Qu'un bon ami pour secourir!

IN-PROMPTU

Sur le portrait de M. le Duc DE BRISSAC
Maréchal de France, Gouverneur de Paris,
gravé par M. Gaucher.

BRISSAC, en 'admirant, on ne peut repró
Qu'à bon droit le Graveur soit appellé Gaucher.
Deux titres, au contraire, illustrent son ouvrage;
Celui d'habile Artiste, & l'heureux avantage
D'avoir mis fous les yeux de la postérité
Un Guerrier plein d'honneur, d'esprit & de gaîté.

JUSTICE HÉROIQUE.

UN Vautour convaincu d'un crime capital,
Fut pris & condamné de subir le supplice;
Ses amis aussi-tôt, sur cet arrêt fatal,

Font à l'Aigle un placet, criant à l'injustice ;
Puisque Seigneur Vautour étoit un sien parent.
Vous vous trompez, Messieurs, dit-son Altesse Aiglonne ;
Apprenez au Cousin, que pour le mauvais sang,
Une saignée est bonne.

A mon retour de... où je vis M*** qu'on ne
peut se représenter poétiquement que comme
Apollon lui-même.

JE l'ai vu ce grand homme, ô prodige incroyable !
C'est la Divinité sous les traits du grand Diable.

Sur le début du sieur V*** au Théatre Italien.

L'AMI Bertrand, singe de son métier,
De Colalto crut mériter la gloire ;
Mais on le reconnut, partant mon grimacier
Fut renvoyé gambader à la foire.
Qui fut Jeannot ? ce fut Bertrand.
Bertrand pourtant a du talent,
Et c'est un fait assez notoire ;
Mais si *Tennieres* & *Calot*
Eussent voulu peindre l'histoire,
On leur eût dit comme à Jeannot,
Peignez-nous celle de la foire.

VERS

Mis au bas d'un tableau dédié à Molière.

Entre Plaute & Terence, assis près de Thalie,
Il démasque en riant le vice & la folie.

COUPLETS-IN-PROMPTUS

A Madame * * * jeune femme de 16 ans, très-
jolie, prête à partir pour la campagne.

AIR : *Que ne suis-je la fougère*, &c.

Quoi ! vous nous quittez, Glicere ?
Vous allez courir les champs ;
Peut-on être aussi légere
Lorsqu'on a déja seize ans ?
Songez donc que la vieillesse
Doit renoncer au plaisir.
C'est à l'aimable jeunesse
Qu'il appartient de jouir.

Non, les fleurs ni la verdure
Ne sont plus faites pour vous ;
Mais il est dans la nature
Pour votre âge d'autres goûts.
On reste dans son ménage
Parmi de bon vieux amis,
On radote, on fait tapage,
Et l'on songe au Paradis.

I 2

Si du moins l'on pouroit dire,
Elle fut bien dans son tems,
La maman fait encore rire,
Elle a d'assez belles dents.
Peut-être que moins sévere
On vous le pardonneroit ;
Mais regardez-vous, Glicere,
Ah ! fi, le vilain portrait !

AUTRE

A LA MEME;

Sur le défi qu'on fit à l'Auteur de refaire ses
couplets dans l'instant

Pour vos champs, votre fougere,
Quoi ! vous quittez vos amis ?
Ils sont donc, belle Glicere,
Pour vous d'un bien foible prix ?
La nature, là sans doute,
Offre des plaisirs bien dour.
Mais valent-ils ceux qu'on goûte,
Lorsqu'on est auprès de vous ?

Pour moi, sans quitter la ville,
Je jouis, en vous voyant,
De tout ce que votre asyle
Peut offrir de plus riant.
C'est le lis joint à la rose

Qui compofe votre teint,
Votre bouche demi-clofe
Exhale l'ambre & le thym.

Dans vos yeux bleux étincelle
Le vif éclat d'un beau jour.
Chantez-vous ? c'eſt Philomele
Qui fe plaint du tendre amour.
Revenez, belle Glicere,
Venez embellir Paris,
Vos bofquets, votre fougere
Valent-ils de vrais amis ?

LE SALLON DES TABLEAUX.

CANTATE.

Mufique de M. Méon.

C'eſt ici que Minerve a fixé fon empire ;
Que les arts protégés font enfin réunis ;
C'eſt ici qu'à nos yeux l'airain même refpire,
Que la toile s'anime en l'honneur de Louis.

Nobles rivaux d'Appelle,
Animez-vous, répondez à ma voix ;
Que la beauté vous ferve de modele,
Embelliffez le Palais de nos Rois.

Venez & partagez la gloire
De nos plus grands Héros,
Retracez à nos yeux les faſtes de l'Hiſtoire ;
Et que la vérité brille fous vos pinceaux.

I 3

PÈRES de la Patrie,
Braves guerriers, voilà vos traits,
Si vous avez perdu la vie
Vous renaissez dans ces portraits.

NOBLES Rivaux d'Appelle,
Animez-vous, répondez à ma voix:
Un Monarque éclairé lui même vous appelle,
Que vos heureux travaux soient dignes de son choix.

Sur la machine de M. Perrier.

L'EAU même par le feu souleve ici les eaux,
Fait mouvoir une pompe avec tant de puissance,
Que la Seine remonte, & par mille canaux
Retourne dans Paris avec plus d'abondance.

AUTRE.

LA guerre ici cessant entre la flamme & l'eau,
PERRIER les sut si bien mettre d'intelligence,
Que le feu pompe l'eau, qui par un cours nouveau,
Retourne dans Paris avec plus d'abondance.

A MADEMOISELLE ***,

Sur la fête de MADELAINE.

AIR : *Dans nos hameaux*, &c.

EN célébrant aujourd'hui MADELAINE,
Je sais très-bien qu'elle changea de nom ;
Mais ses regrets sur la foiblesse humaine
Font oublier qu'elle fut Madelon.
Trop jeune encor, l'aimable pénitente
Se dévoua toute entiere à l'amour,
Comment alors n'être point imprudente,
Fuir un danger qu'on cherche chaque jour ?

HONORONS donc ses soupirs & ses larmes,
Si nous voulons imiter ses vertus.
Pour ses beaux yeux, son esprit & ses charmes,
Nous devons même un hommage de plus.
Ah ! qu'en effet il est bien admirable
De renoncer tout-à-coup aux plaisirs,
Lorsqu'on est belle & qu'un monde coupable
A chaque instant prévient tous nos desirs.

POUR vous, Cloris, dont l'austere sagesse
Se plaît sans doute à causer mon tourment ;
De Madelaine ayez donc la tendresse,
Mais ne comptez que moi seul pour amant :
Votre Patronne eût été moins volage,
Eût moins pleuré ses folâtres erreurs,
Si quelqu'ami comme moi, tendre & sage,
Eût en secret joui de ses faveurs.

I 4

IN-PROMPTU

Dans l'attelier de M. PAJOU, Sculpteur du Roi,
en admirant sa Psiché.

PAJOU, comment penser, en voyant ce morceau,
Que Psiché fut abandonnée?
Ah! tant d'appas sont dûs à ton ciseau!
Ou l'Amour qui trop tard pleura sa destinée
N'avoit donc pas retiré son bandeau.

A M. LE MARÉCHAL DUC DE BRISSAC,

Sur son avénement au Gouvernement de Paris.

JOUIS de tes vertus, brave & noble Guerrier (1),
Décore-toi, Brissac, de ce nouveau laurier.
Ton bras le cultiva dans le champ de Bellonne:
Tout Paris avec joie aujourd'hui te le donne.
Oui, le François répete, en volant sur tes pas,
BRISSAC cent fois pour nous affronta le trépas.
C'est aux nobles efforts de ton cœur magnanime,
A l'amour pour ton Roi qui sans cesse t'anime,
Que tu dois les bienfaits d'un Monarque chéri.
Il te traite en sujet bien moins qu'en favori.

(1) Ces vers corrigés ici sont tirés d'une épitre que j'adressai dans
le tems à M. le Maréchal, laquelle a été insérée dans le Mercure.

Fidele à tes devoirs, courtisan sans bassesse,
Tu sais avec grandeur soutenir ta noblesse;
Et ce gouvernement te convient d'autant mieux,
Qu'il rappelle les traits de tes braves ayeux.

COUPLETS

A M. de S. A*** Graveur du Roi, ayant son
épouse auprès de lui, le jour de sa fête, pour
Mademoiselle C.*** son éleve.

Air: Avec les jeux dans le village, &c.

Pour mettre un prix à mon hommage,
Et célébrer votre Patron,
J'aurois fait choix selon l'usage
De quelques fleurs de la saison;
Mais sous vos doigts on les voit naître,
Et refleurir à tous momens.
Flore elle même est votre maître,
Et s'enrichit de vos talens.

Dans ce beau jour comment donc faire,
Que vous offrir pour mon bouquet?
Il est un don qui peut vous plaire,
Dont la douceur aussi me plaît;
C'est un baiser plein de tendresse,
Pris & reçu par l'amitié:
Pour l'acquitter, je vous adresse
Et présente votre moitié.

VERS

A M. P*** premier Peintre du Roi, en la
priant de faire agréer un sujet allégorique dédié
à sa Majesté.

PEINTRE savant autant qu'aimable,
　　Dont les brillans travaux
　　Méritoient le titre honorable
Qui te rend chaque jour utile à tes rivaux.
　　Toi, dont le goût puisé dans la nature
Ne juge de ton art avec sévérité,
Que pour lui retracer une route plus sûre,
Que pour lui rendre enfin toute sa dignité.
Daignez être en ce moment un peu moins difficile;
　　C'est sans orgueil que j'offre ce dessin.
Le sujet méritoit une main plus habile;
Il eût fallu la tienne, & c'étoit mon dessein;
Je ne l'ai point osé : si c'est une méprise,
En faveur de l'objet deviens son protecteur.
Près de D*** soutiens mon entreprise,
　　Qu'il n'en juge que par son cœur.

A M. l'Abbé T * * *, Censeur Royal, ami de mon pere, & que j'avois perdu de vue depuis plus de 20 ans.

Oui, je me livre à l'espoir le plus doux,
Puisque votre amitié s'intéresse à ma gloire.
　　Ce procédé digne de vous ,
　　　Toujours présent à ma mémoire,
Me fera souvenir qu'après plus de vingt ans
On peut encor trouver un ami véritable.
　　　C'est un bien fonds de mes parens,
　　　Qui par un droit incontestable,
En qualité d'aîné devoit m'appartenir.
　　Pareil trésor tient lieu d'un héritage,
　　Et c'est le seul dont je voulois jouir;
　　Charmant Abbé , vous faites mon partage,
　　Tout autre lot ne pouvoit m'enrichir.
　　　Conservez donc mon patrimoine,
　　Que la gaîté prolonge vos beaux jours;
　　　Santé de Roi , vin de Chanoine.
Comme Chaulieu, poursuivez-en le cours.

A M. P***, sur son installation dans la cure
de Saint Eustache, qui lui étoit disputée.

Ou court donc Israël? Quelle sainte ferveur
Porte son peuple en foule au Temple du Seigneur?
Une voix unanime annonce l'allégresse;
Femmes, enfans, vieillards pleins d'une même ivresse
Vont au pied des autels célébrer ce beau jour.
Tel est l'effet, grand Dieu, de ton divin amour:
Tu verses dans les cœurs la joie & l'innocence,
Israël de plaisir tressaille en ta présence.

O toi, qui dès l'enfance annonças la vertu,
Toi qui nous rends un bien trop long-tems combattu,
Sois sensible aux regrets de ta premiere épouse.
Nous lui laissons le droit de paroître jalouse;
Elle perd un ami, son tendre protecteur,
C'est nous qui recueillons le fruit de son malheur.
C'est nous qui par tes soins, ta sage prévoyance
Verrons régner la paix, l'ordre & la bienfaisance.

Oui, nous te possédons, viens, remplis ton destin.
Tel que l'astre du jour dès l'aube du matin
Colore de ses feux le sommet des montagnes,
Et fait voir tout-à coup le trésor des campagnes;
Tels tes premiers regards ont offert à nos yeux
Le spectacle touchant d'un cœur tendre & pieux;
Ah! puissions-nous toujours te prenant pour modele,
Pratiquer tes vertus & seconder ton zele.

COUPLETS

A M. le Marquis de M***, fur fon
mariage.

AIR : *Mon honneur dit que je ferois coupable*, &c.

DU tendre Hymen, c'eft aujourd'hui la fête :
L'Amour exprès a quité fon bandeau.
D'un air riant ce Dieu charmant apprête
Flèches, carquois, guirlandes & flambeau.
Frère, dit-il, je veux avoir la gloire
De partager ce beau jour avec vous ;
Je veux graver au Temple de Mémoire,
Le chiffre heureux de ces tendres époux.

TOUS deux formés des mains de la Sageffe
Sauront jouir du plus parfait bonheur,
L'égalité, la douceur, la tendreffe
Me fixeront à jamais dans leur cœur.
Oui, je promets de n'être plus volage,
Si Dieu d'Hymen fait toujours de tels choix :
Peut-on ceffer d'être fidèle & fage
De B***, en vivant fous tes loix ?

COUPLE charmant, prononcez donc fans crainte
Le doux ferment qui doit vous enchaîner :
L'Amour pour vous parle aujourd'hui fans feinte,
Et fon plaifir eft de vous couronner.
Oui, chaque jour dans une douce ivreffe
Va s'écouler au gré de vos defirs,
Et nous verrons naître avec allégreffe
Les fruits heureux de vos chaftes plaifirs.

COUPLETS

A la jeune CÉLIE; ma Niece.

AIR : *De la plus brillante Aurore*, &c.
ou *Que ne suis-je la fougere*, &c.

DÈS sa plus tendre jeunesse
J'ai su lire dans son cœur....
Cher objet de ma tendresse,
Oui, tu feras mon bonheur.
Douce, sensible, naïve,
Tes vertus m'ont su charmer.
Prévenante, adroite, active;
Qui te connoît doit t'aimer.

A la raison embellie
Par les graces, les talens,
Tu joins, ma jeune CÉLIE,
La beauté des sentimens.
Comme l'onde la plus pure
Qui suit constamment son cours;
Ne change point, & sois sûre
D'être heureuse quelques jours.

D'un séducteur trop frivole,
Sais, sur-tout te défier.
Il n'encense son Idole
Que pour la sacrifier.
Il est un nœud légitime;
Un nœud qu'on peut avouer,
Et dont la publique estime
Sait d'avance nous louer.

C'est à ce but honorable
Que je veux te diriger.
C'est pour un bonheur durable
Que ton cœur doit s'engager.
Puisse le destin prospere
Aux vœux de mon amitié,
En faveur de ton cher frere
Les partager par moitié.

LE BAISER.

Nectar des Dieux, volupté pure,
Puissant moteur des vrais plaisirs;
Doux aiguillon dont la nature
Ranime les tendres desirs,
Pénétre-moi de ton ivresse,
Qu'Hortense après quelques débats
Partage toute ma tendresse,
Et meure cent fois entre mes bras.
Dieux! je la vois, elle s'avance;
Volons, le moment est heureux:
Viens, suis mes pas, divine Hortense,
Dérobons-nous à tous les yeux.
Quoi! tu rougis, ton pied chancelle?
Ah! volupté, baiser charmant!
Prolonges-toi, Dieux! qu'elle est belle!
Que de plaisirs! quel doux moment!

COUPLETS.

Mademoiselle *** à son aînée , le jour de son
mariage.

A I R : *J'aime les fillettes* , &c.

JE suis la cadette,
Mais j'aurai mon tour.
Ne suis-je point faite
Aussi pour l'amour ?

Ah ! le mariage
Vous faisoit donc peur ?...
C'est peut être sage ;
Mais enfin , ma sœur.

Je suis la cadette,
Mais j'aurai mon tour.
Ne suis-je point faite
Aussi pour l'amour ?

Qu'un époux aimable,
Ainsi que le tien,
D'un air vif , affable,
Demande ma main,
Si-tôt je m'engage
Et dis de bon cœur :
Non , le mariage
Ne me fait pas peur.

ZELINDE,

O U

LE PERE RIVAL DE SON FILS,

COMÉDIE EN TROIS ACTES,

EN PROSE.

PERSONNAGES.

DINVAL.

Mme. DINVAL.

ZÉLINDE, Fille de M. & Mad. Dinval,

DORVILLE,

DORVILLE Fils, sous le nom de Mircour.

DE LAIRSOT, Procureur - Fiscal.

DE LAIRSOT Fils.

MERLIN, Domestique de Dorville.

LA FLEUR, celui du Fils.

UN PAYSAN.

DES HUISSIERS.

UN DOMESTIQUE de la Maison.

La Scene se passe à la campagne dans la Maison de Dinval.

ZELINDE,

OU

LE PERE RIVAL DE SON FILS.

COMÉDIE.

ACTE I.

Le Théatre repréfente un Sallon ; il y a une porte qui donne fur la campagne.

SCENE PREMIERE.

(On fonne ; un domeſt que vient & regarde par la fenêtre.)

LE DOMESTIQUE.

PESTE foit des procès ! n'eſt-ce point encore li un Procureur, un Commiſſaire qui nous vient ? *(On fonne.)* Oui, fonne, fonne. *(Il ouvre.)*

K 2

SCENE II.

DORVILLE *en robe*, MERLIN, LE DOMESTIQUE.

LE DOMESTIQUE.

Que voulez-vous, Monsieur ?

DORVILLE.

Parler à M. Dinval.

LE DOMESTIQUE.

Il n'y est pas.

DORVILLE.

Mais encore, notre ami ?

LE DOMESTIQUE.

Votre ami ? non, parbleu ! je ne le suis ni ne veux l'être.

DORVILLE, *souriant.*

Vous n'aimez pas les gens de robe à ce qu'il paroît ?

LE DOMESTIQUE.

Hé ! qui les aimeroit, ils vous tourmentent du matin au soir ?

DORVILLE.

Oh ! bien, moi, je viens au contraire apporter de bonnes nouvelles.

LE DOMESTIQUE.

Avec cette robe-là ? Cela n'eſt pas poſſible.

DORVILLE.

Si fait, vous dis-je, croyez-moi.

LE DOMESTIQUE.

Mais au moins, Monſieur, (*Il regarde Merlin.*) que ce maſque-là n'entre pas.

MERLIN.

Comment ! moi, me traiter de maſque ! (*A part.*) Un Huiſſier de maſque !

LE DOMESTIQUE.

Votre nom, Monſieur ?

DORVILLE.

Dites que nous venons de la part de M. Dorville.

LE DOMESTIQUE.

Juſtement ; oh ! en ce cas, Monſieur n'y eſt pas.

DORVILLE.

Mais encore une fois, il faut que je lui parle.

K 3

LE DOMESTIQUE.

Hé non, c'est inutile ; vous venez sans doute
pour saisir ; attendez au moins qu'il soit sorti.

DORVILLE.

Ne craignez rien, vous dis-je ; d'ailleurs, si cela
étoit, votre refus ne pourroit nous en empêcher.

LE DOMESTIQUE, à part.

Il a raison... Maudite robe ! (*Il ouvre.*) tu fais
toujours la loi.

SCÈNE III.

DORVILLE, MERLIN.

MERLIN.

Qu'en pensez-vous, Monsieur, ce déguisement-
là ne laisse pas que de bien recommander, oui ?

DORVILLE.

En effet, je suis fâché actuellement de l'avoir
pris ; mais je craignois, quoiqu'éloigné de cin-
quante lieues, de rencontrer ici des gens de con-
noissance. Comment ! j'ai un bien considérable à
réclamer, mes droits sont bien établis, & j'apprends que des ennemis secrets favorisent mon ad-
versaire, s'emparent tellement de l'esprit de mes

juges, que je suis menacé de perdre l'affaire la
plus j uste.

MERLIN.

Qne voulez-vous, Monfieur, c'eſt l'uſage.

DORVILLE.

Non, en vérité, cela ne ſera pas : je veux voir
par moi - même ce qui ſe paſſe dans cette maiſon, & m'oppoſer aux menées d'une pareille intrigue.

MERLIN.

Dites auſſi que vous voulez voir de plus près
la fille de votre adverſaire, dont la jeuneſſe & les
charmes vous ont ſi fort occupé ce matin, lorſque nous avons été attendre à ſon paſſage.

DORVILLE.

Il eſt vrai qu'elle eſt charmante, & je conviens
qu'en la regardant j'avois quelques regrets d'être
en procès avec ſon pere.

MERLIN.

Oh ! je l'ai bien penſé, auſſi je prévois ce qui
arrivera.

DORVILLE.

Qae je voudrai l'épouſer ?

MERLIN.

Qu'en dites - vous, Monſieur ? voilà dix fois

K 4

que je vous vois projeter de pareils mariages ; pour celui-ci j'en répondrois presque.

D O R V I L L E.

.Oui, dans le premier moment ; mais la réflexion....

M E R L I N.

La réflexion, sera toute pour l'amour, je vous connois ; cependant lorsqu'on a près de la cinquantaine, & sur-tout un fils de vingt-deux ans ; échanger un procès contre une jeune femme, c'est s'exposer à payer les dépens.

D O R V I L L E.

Tu as raison ; mais cette enfant me paroît si bien élevée, si honnête que je ne ferois peut-être pas une folie. D'ailleurs, selon toute apparence, en continuant de plaider je pourrois perdre ; mon fils seroit donc privé d'une somme considérable, ainsi d'une maniere comme d'une autre, je ne lui ferai aucun tort ; au contraire, en me mariant je lui conserverai ce bien pour le dédommager de ma succession.

M E R L I N.

Ne voilà-t-il pas déja le contrat tout dressé ? Pour moi, Monsieur, je ferois mieux. Pour terminer la procédure, & faire le sort de mon fils, je lui donnerois cette jeune fille, elle convient à son âge.

DORVILLE.

Et encore plus à l'amour qu'elle m'a inspiré. Mais, paix, j'entends quelqu'un ; retire-toi & vas m'attendre aux environs.

MERLIN.

Aux trois Rois ; c'est-là mon tribunal, & mes affaires y seront bientôt vuidées.

SCENE IV.

DINVAL, *il tient sa fille par la main qui l'accompagne gaiement*, **DORVILLE**.

DINVAL.

PARDON, Monsieur, je vous ai fait attendre.

DORVILLE.

Au contraire, Monsieur, c'est moi qui suis fâché de venir de la sorte, car il paroît que cet ajustement effraie jusqu'à cette aimable enfant?

ZÉLINDE.

C'est vrai, Monsieur.

DORVILLE.

Il est cependant de bon augure, ma belle demoiselle, puisque je suis chargé par M. Dorville de venir traiter de son affaire à l'amiable.

DINVAL.

A l'amiable, dites-vous, Monſieur ? cela m'étonne, car cet homme-là eſt furieuſement entêté ; mais enfin , nous verrons ſes propoſitions.

DORVILLE.

Là, convenez, entre nous, que les propoſitions devroient venir de votre part ?

DINVAL.

Cela peut être ; mais ſi la loi eſt pour lui, la forme eſt pour moi , & c'eſt beaucoup, comme vous ſavez.

DORVILLE.

Sur-tout , lorſqu'on y joint des amis... n'importe , il s'agit de s'arranger. (*Il regarde Zélinde.*) Elle eſt charmante !

DINVAL.

Ainſi, Monſieur; ſi vous voulez dîner avec moi, nous irons enſemble à Paris , traiter vis-à-vis de mon Avocat.

DORVILLE.

Très-volontiers , Monſieur.

ZÉLINDE.

Quoi ! Papa , tu vas à Paris ? Oh ! en ce cas, ſouviens-toi de ce que tu m'as promis.

DINVAL.

Je t'ai promis quelque choſe , moi ?

ZÉLINDE.

Mais certainement, tiens, si tu m'oublies tu n'auras pas... (*Elle paroît cacher quelque chose.*)

DINVAL.

Qu'est-ce que c'est?

ZÉLINDE.

Tu songeras à moi?

DINVAL.

Oui, je t'en donne ma parole.

ZÉLINDE,

Eh bien, tiens, reconnois-tu ce Monsieur-là?

DINVAL.

Comment! le portrait de Mircour!

DORVILLE, *à part.*

O Ciel! c'est celui de mon fils.

ZÉLINDE, *à son pere.*

Est-ce bien lui?

DINVAL.

Lui-même.

DORVILLE.

Ceci est sans doute votre ouvrage, ma belle demoiselle?

ZÉLINDE.

Oui, Monsieur, Ah! si vous connoissiez la perfonne, vous verriez qu'elle eſt très-reſſemblante; je l'ai cependant peinte de mémoire.

DORVILLE.

De mémoire ?

ZÉLINDE.

Oui, Monſieur, & ça lui fera bien plaiſir, car c'eſt à ſes leçons que je dois les progrès que j'ai faits dépuis quelque tems dans cet art.

DINVAL.

Comment ! il étoit abſent ?

ZÉLINDE.

Oui, je t'aſſure, mon bon ami, & cependant ſes traits m'étoient auſſi préſens que s'il eût été de-vant moi ; tu es donc content ?

DINVAL.

Mais...

ZÉLINDE.

Oh ! tu crains toujours que je n'abuſe d'un éloge.

DORVILLE, à demi-voix, à Dinval.

Quelle heureuſe ingénuité !

DINVAL.

Madame Dinval a-t-elle vu ce portrait ?

ZÉLINDE.

Non, pas encore, je voulois vous ſurprendre.

DINVAL.

Vas donc le lui faire voir.

ZÉLINDE.

Et je lui dirai que tu le trouves bien ? (*Elle lui baise la main.*)

DINVAL *la baise au front.*

Très-bien. (*Il la regarde sortir avec un tendre intérêt.*)

DORVILLE, *à part.*

Me voilà donc en partie au fait de l'intrigue que j'ignorois. Oh ! pour le coup, je ne m'attendois pas à celui-là ; quoi qu'il en soit, poursuivons mon projet.

SCENE V.

DORVILLE, DINVAL.

DORVILLE.

EN vérité, Monsieur, vous avez là une fille charmante.

DINVAL.

J'avoue que sa naïveté & la douceur de son caractere augmentent bien la tendresse que j'ai pour elle ; mais voilà une circonstance qui prouve bien q.'il eſt dangereux de recevoir un jeune homme dans ſa maiſon.

D O R V I L L E.

Comment! auriez-vous à vous plaindre de celui-ci?

D I N V A L.

Au contraire ; mais ce portrait me fait craindre pour Zélinde elle-même. Elevée ſous nos yeux, elle eſt encore dans cet état d'innocence, où le cœur ſe laiſſe prendre ſans le ſavoir.

D O R V I L L E.

Vous avez raiſon, il eſt eſſentiel d'y veiller. Il ſe nomme Mircour, dites-vous ?

D I N V A L.

Oui, voilà ſon nom, le connoîtriez-vous ?

D O R V I L L E.

N'eſt-ce point un jeune Officier d'environ vingt-deux ans ?

D I N V A L.

Juſtement.

D O R V I L L E.

Que ſon pere a envoyé à Paris depuis quelque tems ?

D I N V A L.

Poſitivement. Il a d'excellentes qualités, il fera ſon chemin ; depuis environ quatre mois, il vient régulièrement trois fois par semaine prendre l'air dans une petite maison qu'il a louée à une demi-lieue d'ici. Tous deux, chasseurs & voisins, nous nous sommes liés par goût ; mais, dites-moi, Monsieur, puisque vous le connoissez, puis-je sans indiscrétion vous demander pourquoi il semble me faire un mystere de sa famille ? La jeunesse, vous le savez, a quelquefois de petites raisons particulieres.

DORVILLE.

C'est vrai, Monsieur ; ce qu'il y a de sûr, c'est que si c'est le jeune homme que je pense, il a de la fortune, de la naissance & il appartient à des parens très-estimés.

DINVAL.

O combien vous me faites plaisir ! me voilà au moins plus tranquille.

DORVILLE.

Néanmoins, prenez y garde ; le mystere qu'il fait de sa famille, sembleroit annoncer qu'il craint que ses projets ne soient pas d'accord avec elle.

DINVAL.

Aussi, notre affaire terminée, je veux le faire expliquer & savoir à quoi m'en tenir.

DORVILLE.

Je conviens que votre aimable enfant est bien faite pour lui avoir inspiré de l'amour, car moi-même, qui viens de la voir pour la premiere fois, je n'ai pu m'empêcher d'y prendre le plus tendre intérêt.

DINVAL.

C'est être facile à s'enflammer.

DORVILLE.

Oui, je vous parle franchement ; j'ai toujours eu le cœur fort sensible.

DINVAL.

Comment donc, Monsieur ; mais au ton que vous me dites cela, je vous croirois vraiment amoureux?

DORVILLE.

Ma foi ! Monsieur Dinval, je le crois aussi, & tenez, si vous voulez m'obliger, éloignez ce jeune homme de votre maison ; je vous dirai plus : reconnoissez en moi Dorville.

DINVAL.

Vous ! Monsieur, Dorville ?

DORVILLE.

Lui-même ; pardonnez-moi ce déguisement, je l'ai cru nécessaire ; non-seulement je vous laisse tout gain de cause, mais je vous offre encore une fortune considérable.

DINVAL.

Quoi ! vraiment, Monsieur, vous parlez sérieusement?

DORVILLE.

DORVILLE.

Très-sérieusement ; je conviens qu'un époux de quarante-huit ans pourra d'abord n'être pas du goût de votre fille ; mais comme son cœur n'a encore connu que la voix de ses parens, le tems & l'absence de Mircour me font espérer que je parviendrai à mériter sa tendresse.

DINVAL.

Je sens tout l'avantage que m'offre l'honneur de votre alliance, Monsieur. Si pourtant le bonheur de ma fille tenoit aux premieres impressions que ce jeune homme paroît avoir faites sur elle ; si après des informations, il étoit digne lui-même de toute l'estime qu'il m'a inspirée, je vous avoue franchement que je balancerois d'accepter vos propositions.

DORVILLE.

D'accord, mais si moi-même, je vous parois plus fait pour former un établissement solide, quel danger y auroit-il de rompre dans son principe un penchant qui ne seroit que de naître ?

DINVAL *réfléchit un moment.*

Soit, Monsieur, je veux bien en faire l'essai ; dès demain j'irai trouver notre jeune homme... Eh ! tenez, voilà justement son valet.

L

_____

SCENE VI.

LA FLEUR, LES PRÉCÉDENS.

LA FLEUR, à *Dinval.*

Monsieur, je viens, de la part de M. Mircour, vous prévenir que je vais à Paris, avez-vous des ordres à me donner ?

DINVAL.

Non, Monfieur & moi, nous y allons dans l'inftant.

DORVILLE, à *part.*

Bon ! il ne me reconnoît pas.

DINVAL, à *Dorville.*

Mais, je fonge à une chofe, Monfieur ; eft-il bien néceffaire actuellement que nous y allions, puifque vous-même ?...

DORVILLE *change un peu fa voix.*

Oui, pour mieux nous entendre vis-à-vis de nos Avocats.

DINVAL.

En ce cas, La Fleur, comme tu arriveras avant nous, paffe chez M. Darmin & dis-lui qu'il m'attende, j'y ferai fans faute à quatre heures.

LA FLEUR.

Oui, Monſieur.

DINVAL.

Pour plus de ſûreté, charge-toi d'une lettre. (*A Dorville.*) Monſieur, voulez-vous bien vous donner la peine d'entrer?

DORVILLE.

Non, Monſieur, permettez, je vais à deux pas d'ici, & je ſuis à vous.

LA FLEUR, *à part, le fixant.*

Mais !... c'eſt lui certainement.

SCENE VII.

DORVILLE, LA FLEUR.

LA FLEUR *prend Dorville par la main.*

EH ! Monſieur, comment êtes-vous ici, depuis quand êtes-vous Commiſſaire ?

DORVILLE.

Depuis que je veux faire renfermer un maraud comme toi, dis-moi un peu, quel rôle jouez-vous dans cette maiſon ?

L 2

LA FLEUR.

Quel rôle? ma foi, Monfieur, le rôle que vous y jouez vous-même, car enfin que fignifie cette mafcarade?

DORVILLE.

Que je fais tout, & que les derniers cent louis que tu es venu me fubtilifer fous prétexte de fournir aux frais du procès ont été fûrement employés contre moi-même.

LA FLEUR.

Comment! Monfieur, fubtilifer! n'avez-vous pas le mandat de mon maître, & croyez-vous que les affaires?...

DORVILLE.

Je crois que tu es un effronté. Je fais tout, te dis-je; voyons, invente encore quelques fourberies.

LA FLEUR.

Oh! ce ne feroit pas l'embarras, fi vous vouliez les croire... (*A part.*) Payons d'audace. (*Haut.*) Mais enfin, Monfieur, j'en reviens toujours là. Qui s'imagineroit qu'un ancien Capitaine de cavalerie; Seigneur de Dorville & autres lieux, viendroit dans une maifon, où il eft en procès, déguifé en Procureur? ah, ah, ah; c'eft à citer dans les Mémoires, à l'audience même.

DORVILLE, *à part.*

Ce marouffle-là gâteroit tout ; il faut s'y prendre différemment. (*Haut.*) La Fleur, écoute-moi : il s'agit que, sans souffler le mot, tu partes effectivement pour Paris, sur le champ, avec Merlin à qui je vais faire la leçon.

LA FLEUR.

Merlin est ici ? oh ! en ce cas, le vin ne manquera pas.

DORVILLE.

Parlons sérieusement encore une fois ; tu vois que mon fils m'expose à perdre un procès considérable, aide-moi à réparer sa sottise, & sois sûr que j'aurai le soin de te récompenser.

LA FLEUR.

Volontiers, Monsieur ; mais point trop de rigueurs...

DORVILLE.

A la bonne heure.

SCENE VIII.

DINVAL, LES PRÉCÉDENS.

DINVAL, à *Dorville.*

AH ! vous voilà de retour, Monsieur. (*A La Fleur.*) Tiens, mon enfant, remets cette lettre à M. Darmin, & ne perds pas de tems.

LA FLEUR *s'échappe précipitamment.*

Non, Monsieur, je ne fais qu'un saut.

DORVILLE.

Pardon, Monsieur, j'ai encore oublié quelque chose. (*Il sort.*)

SCENE IX.

DINVAL, *seul.*

CE M. Dorville m'a l'air d'un fou ; où court-il de la sorte ? Enfin, commençons par arranger une affaire que je pourrois perdre, & qui me ruineroit ; après quoi nous verrons à ménager si bien les choses, qu'il sera peut-être assez généreux, pour ne pas vouloir forcer l'inclination de ma fille.

SCENE X.

UN DOMESTIQUE, DINVAL.

LE DOMESTIQUE, *une serviette sous le bras.*

Monsieur, vous êtes servi.

DINVAL.

Fort bien , mais il faut attendre un moment ,
ce Monsieur va revenir.

LE DOMESTIQUE.

Tant pis, ces gens-là vous ruinent déja assez.

DINVAL.

Ne t'avises pas, cependant, de marquer de l'humeur.

LE DOMESTIQUE.

Prenez garde. Oh ! il n'en perdra pas pour cela
un coup de dent.

DINVAL.

Je te sais gré de ton zèle, mais j'ai des raisons
pour ménager celui-ci.

LE DOMESTIQUE.

Il n'en fera pas moins que les autres, soyez en
sûr.

DINVAL.

Allons, allons, reprends un peu ta gaieté, mon
procès va finir.

LE DOMESTIQUE.

Oui, mais l'autre qui est entre les mains du Bailli.

DINVAL,

Tout cela s'arrangera, un peu de patience. (*Il sort.*)

LE DOMESTIQUE.

Ah ! quel courage !

Fin du premier Acte.

ACTE II.

SCENE PREMIERE.

MIRCOUR, *en Chasseur.*

COMMENT ! cette porte est ouverte, & personne n'est ici ? (*Il regarde un portrait qui orne la salle.*) Mais, que dis je?... ainsi que dans ce portrait tout y retrace la présence de l'objet que j'adore... Ah! Zélinde, charmante Zélinde, mon pere en te voyant pourroit-il s'empêcher d'applaudir à mon choix?... Elle va sans doute venir continuer ses amusemens. (*Il s'approche d'une table.*) Voyons un peu votre ouvrage, ma petite écoliere. (*Il dérange des papiers.*) O Ciel ! mon portrait! Quoi! dans mon absence avoir si bien saisi mes traits ! quel heureux présage! serois je dans son cœur? Ah! puisse l'amour avoir conduit ses pinceaux, comme il m'inspire en ce moment ! (*Il s'assied devant la table.*) Oui, je veux en déposant ici ses traits la surprendre à mon tour. (*Il prend un pinceau*) Commençons; ovale régulier... Bon!... des yeux animés par une gaieté franche & naïve.., une bouche où respire la candeur & la santé... courage, amour, acheve ton ouvrage.

SCENE II.

MIRCOUR, ZÉLINDE; *elle paroît d'abord surprise, puis elle s'approche sur la pointe du pied & regarde par-dessus l'épaule de Mircour.*

MIRCOUR.

Oui, c'est elle; la voilà trait pour trait.

ZÉLINDE, *gaiement.*

Mais oui, c'est moi.

MIRCOUR.

Ah! méchante, quel tour vous me jouez là! (*Il reprend les deux portraits.*)

ZÉLINDE.

Oh! je veux l'avoir, donnez-le moi, Mircour.

MIRCOUR.

Non, il doit être pour moi.

ZÉLINDE.

Eh! bien, je garderai aussi mon ouvrage.

MIRCOUR *regarde le portrait qu'il a trouvé.*

Si je vous le rends...

ZÉLINDE.

Ah! Monsieur, ça n'est pas bien, vous avez été curieux.

MIRCOUR.

Zélinde, que vous me faites plaisir !

ZÉLINDE.

Vous le trouvez donc bien ?

MIRCOUR.

Très-bien.

ZÉLINDE.

Et celui ci n'est-il pas plus fini ?

MIRCOUR.

Quoi ! encore mon portrait ? (*A part.*) Ah ! que ne puis-je exprimer toute ma joie !

ZÉLINDE.

Que dites-vous donc, expliquez-vous ?

MIRCOUR, *regardant le portrait qu'il a commencé.*

Que je veux à mon tour achever celui-ci, & le conserver toute ma vie.

ZÉLINDE.

Oh ! non, il sera pour ma mere ; mais comme vous voilà fait ! êtes-vous assez échauffé ?

MIRCOUR.

C'est vrai, j'ai déja chassé tout mon bien aise ; & je venois voir si le cher pere vouloit finir la journée avec moi.

ZÉLINDE.

Vous vous en paſſerez, car il eſt parti, il y a déja
long-tems, avec un Procureur, pour Paris.

SCENE III.

Madame DINVAL, ZÉLINDE, MIRCOUR.

Mad. DINVAL.

AH! c'eſt vous que j'entendois, Mircour?

MIRCOUR.

Oui, Madame.

Mad. DINVAL.

Zélinde, laiſſe - nous un moment, je veux parler à Monſieur.

SCENE IV.

Madame DINVAL, MIRCOUR.

Mad. DINVAL.

MONSIEUR Mircour, il eſt tems que je m'explique; ſoyez ſincere. Quels ſont les ſentimens particuliers qui vous attachent à notre maiſon?

Mircour.

Quels fentimens, Madame ? ceux que vous infpi-
rerez toujours à tous ceux qui auront le bonheur de
vous connoître.

Mad. Dinval.

Oui, mais c'eft une mere qui vous parle, elle
doit veiller fur le cœur de fon enfant ; je ne vous
le cache pas, Zélinde s'eft fait une douce habitude
de vous voir, & je vous avoue que je voudrois prévenir des impreffions qu'il nous feroit peut-être
difficile de détruire.

Mircour.

Ah ! Madame, fi je fuis digne de votre eftime,
fi l'amour le plus pur mérite de vous intéreffer en
ma faveur, permettez que je vous ouvre mon cœur,
& que j'ofe prétendre à vos bontés.

Mad. Dinval.

Nous y voilà, vous aimez Zélinde, lui avez-
vous dit ?

Mircour.

Non, Madame ; jufqu'à préfent le refpect que
vous dois m'a empêché de lui en faire l'aveu ;
mais dès aujourd'hui je me difpofois à vous en demander la permiffion.

Mad. Dinval.

Mon cher Mircour, tout intéreffe en vous, &

Je croirois faire le bonheur de ma fille en vous donnant sa main; malheureusement des circonstances imprévues s'y opposent.

MIRCOUR.

Que dites-vous, Madame, quoi! je renoncerois à l'espoir de posséder Zélinde?

Mad. DINVAL.

Oui, mon enfant, son pere a pris un engagement, & notre fortune en dépend.

MIRCOUR.

Votre fortune, Madame? Ah! de grace, donnez-moi la préférence.

Mad. DINVAL.

Comment!

MIRCOUR.

Oui, Madame, tels avantages qu'on vous propose, je crois être en état de les balancer.

Mad. DINVAL.

Mais, à votre âge, pouvez-vous disposer même de vos volontés?

MIRCOUR.

Non pas entiérement, cependant si des raisons particulieres m'ont obligé jusqu'à présent à vous faire quelques mysteres, voici le moment où je dois m'expliquer.

Mad. DINVAL.

C'eſt inutile, mon cher Mircour; ne croyez pas que l'intérêt ſoit le ſeul motif qui nous commande ici; mais il faut abſolument vous réſoudre à faire ce ſacrifice.

MIRCOUR à ſes genoux.

Ah! Madame, voyez-moi plutôt expirer à vos pieds.

Mad. DINVAL.

Que faites-vous, Mircour! je vous le répete, vous m'inſpirez le plus tendre intérêt; mais le ſort de ma fille eſt particuliérement entre les mains de ſon pere.

MIRCOUR.

De grace, Madame, permettez au moins que je m'explique avec lui.

Mad. DINVAL.

Volontiers, j'y conſens; mais il n'eſt pas ici. Au reſte, laiſſez-moi lui parler avant.

MIRCOUR.

Non, Madame, je n'oublierai jamais cette marque de bonté; puiſſe l'aimable Zélinde partager ma re-connoiſſance! ſon bonheur fera celui de ſa famille.

Mad. DINVAL.

Laiſſez-moi donc agir, il faut de la prudence.

SCENE V.

ZÉLINDE, DE LAIRSOT pere & fils,
LES PRÉCÉDENS.

ZÉLINDE, *avec vivacité.*

MAMAN, voici M. de Lairsot & son fils que
je vous annonce ; ah ! qu'ils sont drôles, si vous
saviez !

MIRCOUR, *à part.*

Profitons de ce moment pour cacher le trouble
où je suis.

ZÉLINDE.

Quoi ! vous partez déja ?

MIRCOUR.

Oui, ma petite voisine ; je reviendrai.

ZÉLINDE.

N'allez pas encore vous fatiguer.

MIRCOUR.

Soyez tranquille.

DE LAIRSOT, *à son fils qui fait de profondes
révérences.*

Bon, en voilà assez. (*Ils marchent gravement, &
sont*

font en noir avec des gants blancs & de gros bou-
quets.) Madame, ce jeune homme eſt mon fils, il
arrive de Rheims, &, Dieu aidant, le voilà
Avocat.

DE LAIRSOT fils.

Oui, Madame, & tout prêt à faire imprimer des
mémoires, comme un autre, pour le bien de vos
intérêts.

DE LAIRSOT pere.

A la bonne heure; mais il s'agit ici d'autre choſe, c'eſt, Madame, de lui permettre de nommer
avec Mademoiſelle, un petit neveu qui vient de
naître, après quoi, (*A demi-voix.*) j'eſpere que vous
daignerez l'accepter pour gendre.

Mad. DINVAL.

Oh! par exemple, M. de Lairſot, je ne m'attendois pas à cette derniere propoſition.

DE LAIRSOT pere.

Je le crois; mais telle eſt la jeuneſſe, un coup-
d'œil l'enflamme.

Mad. DINVAL.

Réſervons, je vous prie, M. de Lairſot, cette ex-
plication pour un autre moment.

DE LAIRSOT fils.

Pourquoi donc, Madame? Mademoiſelle n'eſt que

M

trop aimable pour moi dès à préfent ; d'ailleurs ,
comme auroit dit Ovide, la voir , l'entendre &
l'aimer , eût été l'affaire d'un moment , & moi, il
y a long-tems que j'ai le bonheur de la connoître
& de foupirer en fecret... Ah !...

De Lairsot pere.

De Lairfot, *omnia vincit amor*, Madame a raifon : liberté de part & d'autre , conformité de fentimens , attachement réciproque , & mériter , enfin ,
l'aveu de fa future.

De Lairsot fils.

Concedo que la caufe foit mife en déliberé ,
l'Amour dreffera le réquifitoire & l'Hymen y fera
droit.

De Lairsot pere.

Bon ! voilà qui eft parlé , ça. Laiffez - le faire ,
Madame ; (*A demi-voix.*) il manque un peu d'ufage ; mais le compere n'eft pas fot. (*De Lairfot fils ac-*
coutumé à fiffler, fiffle par diftraction.)

Mad. Dinval.

omment donc ! Monfieur il y paroît.

De Lairsot fils.

Ah ! Madame , excufez , c'eft par habitude.

De Lairsot pere.

En effet, par un goût naturel , il s'eft tellement

perfectionné dans l'art d'imiter les oiseaux , que vous croiriez entendre un vrai Roffignol.

Mad. DINVAL.

C'eft un talent que celui-là, & qui me paroît convenir aux fonctions d'un Avocat.

DE LAIRSOT pere.

On peut en plaifanter, j'en conviens; mais il va vous étonner ; allons, De Lairfot , courage; quoi qu'on en puifse dire, les talens nous rendent toujours agréables. (*De Lairfot paroît fiffler & la mufique imite le chant du Roffignol , & varie diverfes modulations de plufieurs oifeaux à la fois.*)

Mad. DINVAL.

Mais effectivement , Monfieur, rien de plus charmant ; je ne m'y attendois pas , je vous l'affure.

DE LAIRSOT pere.

N'eft-il pas vrai ? à peine étoit-il haut comme ça , qu'on s'arrêtoit pour l'entendre... A ça , Madame, voilà déja les bouquets pour la cérémonie , nous pouvons compter fur Mademoifelle ?

Mad. DINVAL.

Cela n'eft pas poffible ; Monfieur.

DE LAIRSOT pere.

Comment! Madame , que dites-vous là?

Mad. D I N V A L.

De grace, Monſieur, diſpenſez-nous de cet honneur ; d'ailleurs, M. Dinval doit être conſulté, &
il ne viendra que fort tard.

De L a i r s o t pere.

J'entends ; en effet, (*A ſon fils.*) *Conjux do-*
minus eſt. Madame, j'admire votre prudence, nous
attendrons. Allons, De Lairſot, prenons congé de
Madame, tout ira bien. (*De Lairſot fils fait des révé-*
rences que Zélinde lui rend ironiquement.)

S C E N E   V I.

Madame D I N V A L, Z É L I N D E.

Mad. D I N V A L.

OH ! par exemple, je ne croyois pas M. De Lairſot
auſſi original.

Z É L I N D E.

. Et ſon cher fils l'Avocat, c'eſt un jeune homme
fort aimable, au moins.

Mad. D I N V A L.

Avec tout cela, mon enfant, voilà une aventure
fort déſagréable ; cet homme ſous un air de franchiſe
eſt plein d'orgueil & vindicatif ; & malheureuſement

je fais qu'il eft chargé de la fuite d'une affaire contre nous... mais qu'entends-je? n'eft-ce pas ton pere?

ZÉLINDE *court gaiement.*

Oui, c'eft lui, le voici.

SCENE VII.

DINVAL, *un fufil à la main & du gibier,* Madame DINVAL, ZÉLINDE.

DINVAL.

Bonsoir, ma bonne amie, bonfoir, ma fille.

ZÉLINDE, *lui tenant la main.*

J'étois déja bien inquiete.

DINVAL.

Eh! bien, eh bien, me voilà.

ZÉLINDE.

Ah! que tu as chaud, donne, donne, que je te débarraffe. (*Elle l'aide à quitter fes uftenfiles de chaffe.*)

DINVAL.

Un ami m'a prêté fon fufil, je fuis revenu en chaffant, & vous voyez que je n'ai pas perdu mon tems. (*Il montre le gibier.*)

M 4

ZÉLINDE.

Je ne conçois pas, mon papa, toi qui as le cœur si bon, comment tu peux prendre tant de plaisir à faire du mal à ces pauvres petites bêtes.

DINVAL.

Prends garde de les meurtrir.... Tiens, tu vois que je ne t'ai pas oubliée. (*Il lui donne des tablettes.*)

ZÉLINDE *les ouvrant.*

Ah! qu'elles sont jolies! je tracerai ton nom & celui de Maman sur chaque feuillet. (*Elle s'en va gaiement avec le gibier & le fusil sur son épaule.*)

SCENE VIII.

DINVAL, Madame DINVAL.

DINVAL.

Enfin, mon enfant, voilà donc nos affaires en partie arrangées, il s'agit actuellement de disposer Zélinde à recevoir Monsieur Dorville pour époux, il va revenir dans l'instant.

Mad. DINVAL.

Cependant, mon ami, je t'avoue que je regrette Mircour. L'aveu qu'il vient de me faire de ses sentimens, & la délicatesse de sa conduite méritent bien qu'on s'y intéresse.

DINVAL.

C'est vrai ; mais lorsque notre situation ne nous forceroit pas à prendre ce parti, nous ne connoissons qu'imparfaitement ce jeune homme, & sa famille pourroit fort bien ne pas consentir à notre alliance.

Mad. DINVAL.

C'est ce que je lui ai dit, aussi se propose-t-il de s'expliquer à ce sujet.

DINVAL.

Laisse-moi donc faire, il faut agir ici prudemment.

Mad. DINVAL.

Tu as raison, mais malgré tout, je suis fâché que M. Dorville ait mis une pareille condition à nos arrangemens, peut-être avons-nous été trop vîte.

DINVAL.

Non, Dorville fera le bonheur de Zélinde.

Mad. DINVAL.

Et le malheur d'un jeune homme auquel elle commençoit elle-même à s'attacher.

DINVAL.

C'est donc pourquoi il est essentiel de l'éloigner d'ici.

Mad. DINVAL.

Tiens, je ne sais ; mais laisse-moi parler à M.

M 4

Dorville ; peut-être consentira-t-il à faire le bonheur de ces enfans....

DINVAL.

Ah voilà M. De Lairsot, il vient sans doute pour notre affaire.

Mad. DINVAL.

Non, point du tout, tâche seulement de le ménager ; pour moi, je l'évite.

SCENE IX.

DINVAL, DE LAIRSOT pere.

DINVAL.

M. De Lairsot, nous parlions de vous justement.

DE LAIRSOT.

Eh ! bien, Monsieur, n'est-il pas vrai, vous n'en êtes pas fâché ?

DINVAL.

Au contraire, M. De Lairsot, vous êtes un galant-homme, un bon voisin, j'aime beaucoup mieux que ce soit vous qu'un autre.

DE LAIRSOT.

Fort bien, Monsieur, embrassons-nous ; c'est une affaire faite.

DINVAL.

Comment ! faite ?

DE LAIRSOT.

Mais oui, & je vous promets d'avance que je lui céde ma charge.

DINVAL.

A qui donc ?

DE LAIRSOT.

A mon fils.

DINVAL.

Ma foi ! M. De Lairfot, je n'y fuis pas ; n'eft-ce point au fujet des papiers qui vous ont été envoyés que nous parlons ?

DE LAIRSOT.

Point du tout ; Madame ne vous a donc pas prévenu ?

DINVAL.

Non, que je fache.

DE LAIRSOT.

Oh ! je ne m'étonne pas. Apprenez donc, M. Dinval, qu'il eft queftion d'un commérage projeté entre nos enfans, que De Lairfot eft amoureux fou de fa petite commere, & qu'en conféquence, vous voudrez bien confentir à unir nos familles.

DINVAL.

M. De Lairſot, vous nous faites bien de l'honneur.

DE LAIRSOT.

De l'honneur ! vous vous moquez, nous ſommes
peres, nous voulons faire le bonheur de nos enfans, rien de plus naturel.

DINVAL.

C'eſt vrai, M. De Lairſot ; mais j'ai d'autres
projets.

DE LAIRSOT.

Croyez-moi, arrêtez-vous à celui-ci, vous connoiſſez ma fortune;

DINVAL.

Je ſais qu'elle eſt aſſez conſidérable ; néanmoins,
M. De Lairſot, ne vous offenſez pas de mon refus.

DE LAIRSOT.

Si, parbleu ! je m'en offenſe, & ſur-tout lorſque
je pourrois vous rendre d'aſſez bons offices dans
votre procès.

DINVAL.

Je vous entends, Monſieur, vous êtes au moins
ſincere.

DE LAIRSOT.

Mais encore, quel motif, craignez-vous de vous

méſallier ? Sachez, Monſieur, qu'un Procureur-Fiſcal, & ſur-tout de ma façon....

DINVAL.

Vous vous abuſez....

DE LAIRSOT.

Comment ! je m'abuſe, je vous prouverois, Monſieur, qu'il y a des De Laitſot dans les premiers emplois.

DINVAL.

Je le crois, Monſieur ; mais il ne s'agit point ici de rang, ni de famille.

DE LAIRSOT.

Juſtement, de famille, voilà le mot.

DINVAL.

Oh ! ſi vous ne voulez pas me comprendre...

DE LAIRSOT.

Je vous comprends, Monſieur, il eſt donc bien décidé que vous me refuſez ?

DINVAL.

Oui, Monſieur,

DE LAIRSOT.

Oui, Monſieur ; voilà un affront que je défierois à tous les Procureurs-Fiſcaux de l'univers d'oublier.

(Il ſort.)

DINVAL.

Oh ! pour le coup, je ne m'attendois pas à cela, il s'en vengera , nous verrons..... Quelqu'un frappe.

(*Il ouvre.*)

SCENE X.

UN PAYSAN *chargé de gibier*, DINVAL.

DINVAL.

QUE veux-tu, mon ami ?

LE PAYSAN.

Monfieu ; c'eft que j'ons une lettre à vous remettre.

DINVAL.

Où eft-elle ?

LE PAYSAN *fe fouille*.

Comment ! c'eft donc dans ftelle-ci.... mais v'là qu'eft drôle, eft-ce qu'alle eft fondue , donc?

DINVAL.

De quelle part , d'où viens-tu ?

LE PAYSAN, *retournant toutes fes poches.*

Tout drès d'cheux nous, Monfieu , & v'là c'qui m'étonnons ; mais après tout , ce c'qu'alle difons eft là-dedans : c'eft du gibier pour vous.

DINVAL.

Mais encore, qui me l'envoie?

LE PAYSAN.

Ne v'là-t'y pas, j'avons auffi pardu le nom ;
mi.... mi....

DINVAL.

Mircour?

LE PAYSAN.

Jufte, j'allions le dire, où diable eft donc c'te
lettre? j'aurions vu vot' meine en la lifant.

DINVAL.

Que veux-tu dire par là?

LE PAYSAN.

Mais oui, j'avions ordre de vous regarder.

DINVAL.

Allons, tu es un bavard, dis-lui qu'il m'attende
chez lui, j'irai demain matin de très-bonne heure,
entends-tu ?

LE PAYSAN.

Oui, Monfieur. (*Il entre par méprife dans un cabinet & caffe un vafe avec fracas.*)

DINVAL.

Que diable fait cet étourdi ! où eft-il entré ?

Le P A Y S A N *sort du cabinet d'un air effaré.*

Dam' est-ce que je savions çà ? c'est comme un four là-dedans.

D I N V A L.

Allons , finissons ; viens avec moi. (*Il le conduit.*)

S C E N E   XI.

Z É L I N D E ,   D I N V A L.

Z É L I N D E.

Qu'est-il donc arrivé ?

D I N V A L.

Ce n'est rien , ma fille , ce n'est rien.

Z É L I N D E.

Ah ! ah ! encore du gibier ?

D I N V A L.

Oui, prends-le. (*Il sort. On frappe.*)

Z É L I N D E.

Qui est - là ?

L e   P a y s a n *en dehors.*

C'est pour M. Mircour.

Z É L I N D E.

Ah ! le voilà peut - être.

SCENE XII.

ZÉLINDE, LE PAYSAN.

ZÉLINDE.

VA-T-IL venir?

LE PAYSAN.

Non, Mam'selle; mais j'ons retrouvé c'te lettre.

ZÉLINDE.

Quelle lettre?

LE PAYSAN.

C'telle-là qu'étions pardue.

SCENE XIII.

DINVAL, LES PRÉCÉDENS.

DINVAL.

QU'EST-CE que c'est donc?

LE PAYSAN.

T'nez, Monſieu, vous voyez bian que j'ſavions
bian. (*Zelinde remet la lettre à ſon pere, après*
l'avoir retournée pluſieurs fois.)

DINVAL, *la parcourant.*

Zélinde, vas dire à ce Monfieur, que je viens
de voir rentrer, que je fuis à lui dans l'inftant.

(*Elle fort.*)

LE PAYSAN, *à part.*

Voyons ; regardons bian.

DINVAL.

Tu as parlé de Mircour, je crois, qu'as-tu dit?

LE PAYSAN.

Moi? Monfieu, j'n'avons rian dit, j'difions feulement que c'te lettre.

DINVAL.

Allons, allons, vas-t-en, où vas-tu?... encore?..,
c'eft par ici.

LE PAYSAN.

Excufez, Monfieu, c'eft par bon cœur, fi....;

DINVAL, *le pouffant.*

Hé fors donc.

SCENE

SCENE XIV.

D I N V A L, *seul.*

JE devois m'en douter ; voyons, relisons.

MONSIEUR,

« Madame votre épouse a dû vous faire part
» de l'aveu que je lui ai fait de mes sentimens.
» Si de la naissance, une fortune assez considérable
» & des mœurs peuvent mériter vos bontés , je
» suis heureusement en état d'y ajouter de nou-
» veaux titres. Demain, j'aurai l'honneur de m'ex-
» pliquer plus particuliérement ; heureux, si je
» vous trouve disposé à faire mon bonheur ! »

MIRCOUR.

Quelle délicatesse ! ah ! M. Dorville , faut-il que
ma fortune dépende de notre procès ? Enfin , dès
demain, j'irai moi-même trouver ce jeune homme,
& nous verrons à concilier toutes choses.

Fin du second Acte.

N

ACTE III.

SCENE PREMIERE.

DORVILLE, MERLIN.

MERLIN, se frottant les yeux.

UN moment donc, Monsieur ; (*Il bâille*) si matin !
je commençois à peine à fermer l'œil ; ah !... (*Il
bâille.*)

DORVILLE ; les bras croisés.

Tu me répondras quand tu voudras.

MERLIN, comme se reveillant.

De quoi , Monsieur?

DORVILLE.

Je te demande encore une fois , puisque tu as
fait la sottise de quitter La Fleur, si tu es bien sûr
qu'il ne s'échappera pas ?

MERLIN.

Ne craignez rien , vous dis-je , Monsieur ; vous
savez qu'il est en bonnes mains , & que , d'ailleurs , votre argent & vos promesses lui ont fait
entendre raison.

DORVILLE.

Écoute-moi donc : il ne fuffit pas que M. Dinval ignore que Mircour foit mon fils, & qu'il s'oppofe à ce qu'il revienne dans fa maifon, nous ferions bientôt découverts ; il faut que, chargé de cette lettre, (*Il lui remet une lettre.*) tu ailles trouver Mircour tout-à-l'heure, tu feindras d'arriver en pofte, & lui diras...

MERLIN.

Point du tout, Monfieur, ce n'eft pas cela ; j'ai... (*Il bâille.*) oui, j'ai formé un plan admirable.

DORVILLE.

Ah ! ça, finiras-tu, encore une fois ?

MERLIN, *étendant les bras.*

Excufez, Monfieur ; mais j'avois befoin de ce petit délaffement ; actuellement, je fuis à vous. Je dis donc que, puifqu'il s'agit d'éloigner votre fils, pour quelques jours feulement, vous alliez le trouver vous même, & l'obligiez, fur le champ, à vous fuivre à Paris ; là, vous le mettrez en retraite, & reviendrez ici faire vos affaires.

DORVILLE.

En effet, ton confeil eft excellent, & j'aurois dû commencer par-là.

MERLIN.

Et vous entendez à conduire une intrigue ? Tenez,

Monſieur, encore une fois, cédez, de bonne grace;
Zélinde à ce jeune homme ; car, après tout, c'eſt
lui jouer un tour perfide.

DORVILLE.

A cet égard, nous ſommes à deux de jeu ; c'eſt
au plus fin.

MERLIN.

L'amour vous aveugle, Monſieur, vous vous en
repentirez.

DORVILLE.

Non, mon parti eſt pris ; tâchons donc de devancer M. Dinval qui doit aller le trouver ; alors,
tu viendras donner un prétexte de mon abſence &
de celle de Mircour.

MERLIN.

Vous le voulez, Monſieur, j'obéis. (*Ils ſortent
par la porte qui donne ſur la campagne.*)

SCENE II.

DINVAL, UN DOMESTIQUE à
moitié habillé, tenant un bâton à la main.

LE DOMESTIQUE.

Non, Monſieur, je ne rêve point ; j'ai réellement entendu du bruit, & même parler.

DINVAL.

Tu es fou, te dis-je.

LE DOMESTIQUE.

Tenez, écoutez.

DINVAL.

En effet... doucement... (*Le domeſtique ſe ſauve derriere ſon maître ; Madame Dinval paroît en ouvrant la porte fortement.*

LE DOMESTIQUE.

Ah ! Monſieur, les voici !

DINVAL.

L'extravagant ! c'eſt ma femme ; allons, retire-toi.

SCENE III.

Madame DINVAL, DINVAL.

Mad. DINVAL.

QU'A-T-IL donc ?

DINVAL.

C'eſt un fou ; pourquoi donc te lever ſi matin ?

Mad. DINVAL.

Et toi-même ? cela m'inquiétoit.

DINVAL.

Je ne ferai pas tranquille que je n'aie vu Mircour.

Mad. DINVAL.

Oui, mais fonge à revenir promptement ; tu fais que tu as à parler à M. De Lairfor pour notre fecond procès, & qu'il eft homme à nous jouer un mauvais tour.

DINVAL.

C'eft ce que je crains ; auffi, ne ferai-je pas long-tems. (*Zélinde paroît.*) Hé ! bien, ne la voilà-t-il pas ?

SCENE IV.

ZÉLINDE, LES PRÉCÉDENS.

ZÉLINDE, *accourant.*

Quoi ! tu partois fans me voir ?

DINVAL.

Hé que viens-tu faire ?

ZÉLINDE.

T'embraffer.

DINVAL, *l'embraffant.*

Adieu, ma fille ; fois gaie, entends-tu ?

ZÉLINDE.

Oui, tu ameneras M. Mircour?

DINVAL.

Peut-être bien. (*A part.*) Elle en est occupée.

SCENE V.

Madame DINVAL, ZÉLINDE.

ZÉLINDE.

MAIS, dis-moi donc, Maman, pourquoi, depuis hier, lorsque je nomme M. Mircour, ne paroît-on pas m'écouter? J'ai entendu parler de mariage; est-ce qu'il doit se marier, que mon pere va le voir si matin?

Mad. DINVAL.

Non, ma fille; mais il veut le consulter sur une affaire importante.

ZÉLINDE.

Oh! c'est cela, il se marie.

Mad. DINVAL.

Enfin, nous le saurons. Tiens, aide-moi à ranger cette table; quand ce Monsieur sera descendu, nous déjeûnerons ici.

N 4

Z É L I N D E , *tenant un bout de la table.*

Je crois qu'une femme fera bien heureufe avec lui.

Mad. D I N V A L.

Avec M. Dorville ?

Z É L I N D E ,

Hé ! non, avec M. Mircour.

Mad. D I N V A L.

Tu y penfes donc toujours ?

Z É L I N D E.

Tiens, Maman, je ne fais ; mais ce mariage-là me fait de la peine. Cette nuit, après m'être endormie, je vois en fonge M. Mircour qui vient à moi, d'un air joyeux ; toi-même me le préfente, en me regardant avec bonté ; puis, tout-à-coup, j'entends une mufique, fi douce, fi douce que, le cœur tout agité, je me réveille ; alors, fon mariage me retombe dans l'idée, & me voilà à pleurer malgré moi.

Mad. D I N V A L, *à part.*

Que lui répondre ! (*Haut.*) Comment, Zélinde, je vous croyois plus raifonnable ; auriez-vous penfé, lorfque votre pere a reçu ce jeune homme ici, qu'il avoit deffein d'en faire votre époux ?

ZÉLINDE.

Non ; mais, Maman, tu parois toi-même avoir
tant de plaisir à le voir.

Mad. DINVAL.

Embrasse-moi, ma fille, j'aime ta franchise ; tu
connois notre situation, mon enfant ; peut-être ton
bonheur & le nôtre n'est-il pas éloigné ; mais efface
de ton esprit un objet qui pourroit augmenter les
chagrins d'une mere qui te chérit.

ZÉLINDE, *prenant la main de sa mere & la baisant.*

Comment ! moi ? je t'affligerois ! ah ! Maman,
jamais ; je t'aime trop pour cela.

Mad. DINVAL.

Crois-moi, ma chere fille, défie-toi de ces premieres impressions, ne me les cache jamais. Si cependant elles pouvoient te rendre heureuse, je serois
la premiere à les approuver : oui, mon amie, laisse-
nous la satisfaction de faire le choix de ton époux,
s'il nous convient, tu l'aimeras.

ZÉLINDE.

M. Mircour n'étoit donc pas fait pour moi ? hé
bien, je n'y penserai plus.

Mad. DINVAL.

Fort bien. Finis donc d'arranger un peu ; moi,
je vais faire préparer le déjeûner. (*Elle sort.*)

SCENE VI.

ZÉLINDE, *seule.*

OH! je ne m'étonne plus que mon pere ait paru surpris du portrait. On se parle, on va, on vient; il y a certainement quelque chose d'extraordinaire. Pourquoi Maman a-t-elle entretenu hier Mircour en particulier, & mon pere est-il allé le trouver?... Mais, que vois-je? c'est lui-même!

SCENE VII.

MIRCOUR, ZÉLINDE.

MIRCOUR, *entrant par la porte qui donne sur la campagne.*

CHARMANTE Zélinde, vous êtes sans doute surprise de me voir si matin; mais les propos de cet homme qui vint hier au soir ici, de ma part, m'ont fait craindre que votre pere ne fût fâché contre moi.

ZÉLINDE.

Au contraire, puisqu'il est allé vous voir; mais, tenez, il est inutile de feindre, je me doute bien de ce qui en est.

MIRCOUR.

Ah ! Zélinde, que ne puis-je, en ce moment,
vous exprimer tous mes sentimens !

ZÉLINDE.

Et pourquoi non, est-ce un mal que de se marier?

MIRCOUR.

Comment ! est-ce que M. & Madame Dinval ont
parlé de mariage ?

ZÉLINDE.

Hé ! oui, vous le savez bien.

MIRCOUR.

De grace, daignez vous expliquer.

ZÉLINDE, *à part.*

Maman veut donc me surprendre.

MIRCOUR.

Achevez, adorable Zélinde ; achevez ; l'amour
que vous m'avez inspiré...

ZÉLINDE.

Ah ! Monsieur, finissons ; venez vous expliquer
devant ma mere.

MIRCOUR.

Oui, je vais lui parler.

SCENE VIII.

DES HUISSIERS, LES PRÉCÉDENS.

UN HUISSIER.

N'EST-CE point ici M. Dinval?

MIRCOUR.

Oui, que voulez-vous?

UN HUISSIER.

L'honneur de lui remettre en main propre cette petite signification, & établir ici gardien.

MIRCOUR, *prenant le papier.*

Laissez-moi voir.

L'HUISSIER.

Doucement, Monsieur, ne déchirons rien. Il est question de dix mille francs pour des encheres, & ce, de la part de M. De Lairsor.

ZÉLINDE.

Ah! Maman l'avoit bien dit.

MIRCOUR.

Rassurez-vous, belle Zélinde, je vais tâcher d'arranger cette affaire. Tenez, Monsieur, reprenez ce papier, & suivez-moi.

L'Huissier.

Monſieur ; cette ſignification doit reſter ; l'ordon-
nance y eſt formelle.

Mircour.

Tranquilliſez-vous Zélinde , & même n'en parlez
point à votre mere. (*Aux Huiſſiers.*) Voyons ,
Meſſieurs.

SCENE IX.

ZÉLINDE, *ſeule.*

Que faire de ce papier ! c'eſt donc avec un pareil
gribouillage qu'on nous fait tant de mal, depuis
ſi long-tems ? Que ces Meſſieurs de la Juſtice ſont
donc méchans !... Comment M. Mircour va-t-il
faire ?... Ah ! vilain papier , j'ai envie de te déchirer... mais non, on me mettroit peut-être en pri-
ſon... O Ciel ! voilà Maman. (*Elle ſerre précipi-
temment le papier tout en le chiffonnant.*)

SCENE X.

Madame DINVAL, ZÉLINDE.

Mad. DINVAL.

ZÉLINDE, voilà qui est singulier ; tu n'as pas vu M. Dorville ?

ZÉLINDE.

Non, Maman ; pas encore.

Mad. DINVAL.

Je l'ai fait chercher ; lui & son domestique sont déja sortis... mais que nous veut encore cet imbécille ?

SCENE XI.

DE LAIRSOT Fils, Madame DINVAL, ZÉLINDE.

DE LAIRSOT.

MADAME, excusez ; c'est malgré moi que mon pere agit de la forte.

Mad. DINVAL.

Si c'est malgré vous, il a d'autant plus tort d'avoir fait sa folle démarche.

De Lairsot.

Oh ! dame, c'est qu'il est vif, lui , mon pere ; mais la faisie n'aura pas lieu ; je vais toujours faire fortir les huissiers. (*Il va dans l'intérieur de la maison.*)

Mad. Dinval.

Comment ! que veut-il dire ? il est fou , fans doute.

Zélinde.

Ah ! Maman, si vous faviez... M. Mircour.... Ah ! voilà mon pere & ce Monsieur.

Mad. Dinval.

Laissons - les libres , & viens un peu m'expliquer ce que tout cela signifie.

SCENE XII.

DINVAL, DORVILLE.

Dorville.

Mircour, est venu ici , j'en fuis fûr ; furtout, M. Dinval, comme je vous ai dit, ne me nommiez pas vis-à-vis de lui : je veux , à cause de fa famille, qu'il ignore l'alliance que nous devons contracter.

DINVAL.

Soyez tranquille.

SCENE XIII.

MERLIN, LES PRÉCÉDENS.

MERLIN, *accourant.*

MESSIEURS, voici ce jeune homme : il est avec une espece de Bailli, & il vient ici, sans doute.

DINVAL.

En ce cas, je vais au-devant de lui ; entrez plus avant, j'aurai soin qu'il n'aille pas plus loin. (*Il sort par la porte qui donne sur la campagne.*)

SCENE XIV.

DORVILE, MERLIN.

DORVILLE.

OH ! que je voudrois pouvoir entendre ce qu'il va dire !

MERLIN.

N'est-ce pas là un cabinet ? justement.

DORVILLE.

DORVILLE.

Bon ! vas l'attendre , & dès qu'il fera forti ; viens m'avertir , afin que je l'amene & ne lui donne pas le tems de revenir.

MERLIN.

Eh ! vite , les voilà. (*Dorville fe cache dans le cabinet , & Merlin fe retire dans la maifon.*)

SCENE XV.

DE LAIRSOT Pere , MIRCOUR , DINVAL.

DINVAL.

MAIS , M. De Lairfot , que Monfieur a-t-il de commun dans mon affaire? (*A part.*) Cela fent bien les épices.

DE LAIRSOT.

Plaignez-vous encore d'une action aufli généreufe.

MIRCOUR , *à Dinval.*

De grace , Monfieur ; laiffez-moi la fatisfaction de mériter entiérement votre amitié.

DINVAL.

Non , mon cher Mircour , j'abuferois de la vôtre ; loin de pouvoir accepter vos fervices , je me

O

trouve même dans l'impossibilité de vous en témoigner ma reconnoissance ; comme vous le desirez.

MIRCOUR,

Eh ! Monsieur, qui peut donc s'opposer à mon
bonheur ?

DE LAIRSOT, *à Mircour, à demi-voix*.

Laissez-le dire, notre ami, il faut l'obliger malgré
lui ; oh ! vous ne le connoissez pas.

DINVAL.

M. De Lairsot , je vous sais gré de vos intentions ; mais ma délicatesse...

DE LAIRSOT.

Oh ! le voilà avec ses chimeres... c'est ainsi qu'il
s'est laissé duper par ses vendeurs.

DINVAL.

Encore une fois, M. De Lairsot, laissez - moi
faire comme je pourrai.

DE LAIRSOT.

Oui-dà , toujours de la fierté ! oh ! bien, oh!
bien, je vais donc vous prouver ce que c'est que
de refuser mon alliance & mes services... (*Il s'en
va & revient. A Mircour.*) Croyez-moi, mon ami,
gardez votre argent, & ne vous portez jamais caution
pour personne.

MIRCOUR.

Un moment donc, Monsieur... Il ne veut rien
entendre.

DINVAL.

C'est inutile, mon cher Mircour ; qu'il agisse.

SCENE XVI.

MIRCOUR, DINVAL.

MIRCOUR.

MAIS, M. Dinval, pourquoi prendre ce parti,
vous ne me trouvez donc pas digne de votre confiance ?

DINVAL.

Au contraire, j'admire vos procédés ; mais, mon
bon ami, je suis obligé de sacrifier mes propres
sentimens à des raisons particulieres.

MIRCOUR.

Je les sais, Monsieur. L'incertitude de votre
premier procès, vous fait craindre de compromettre
mes intérêts ; mais tel événement qu'il arrive, j'y
suis préparé.

DINVAL.

Comment !

O 2

MIRCOUR.

Oui, Monsieur, c'est moi qui, jusqu'à présent, ai pourvu secrétement aux frais de ce procès, qui vous le ferai gagner, qui suis, enfin, fils de M. Dorville.

DINVAL.

Que dites-vous !

MIRCOUR.

Oui, Monsieur; l'amour, votre adorable fille, vous-même, tout me justifiera aux yeux de mon pere.

DINVAL.

Ah ! Dorville, qu'avez-vous fait !

MIRCOUR.

De grace, Monsieur, laissez-moi l'espérance de le fléchir.

DINVAL.

Non, mon ami, la conduite que vous avez tenue, blesse ma délicatesse, & vous vous êtes perdu.

MIRCOUR.

Non, Monsieur, vous ne connoissez point toute la bonté de son cœur, touché de mon repentir, le mérite & les charmes de Zélinde acheveront de m'obtenir son consentement.

DINVAL.

Dans quelle situation je me trouve!

MIRCOUR, *se jetant à ses genoux.*

Au nom de l'amour le plus pur, de l'amitié la plus sincere, dites un seul mot, Monsieur, je pars & reviens le mortel le plus fortuné.

DINVAL.

Non, vous dis-je, mon ami, il faut moi-même que je renonce aux avantages qui se présentoient. Votre pere est votre rival.

MIRCOUR.

Mon pere!

DORVILLE, *sortant du cabinet.*

Lui-même, Monsieur.

MIRCOUR.

O Ciel!

SCENE XVII & derniere.

Madame DINVAL & ZÉLINDE, *accourant au cri de Mircour,* les Précédens.

MIRCOUR, *aux genoux de son pere.*

Pardonnez, ô mon pere, cette aimable personne doit faire mon excuse.

Mad. DINVAL.

Son pere !

DORVILLE.

Mon cher Dinval!, la délicatesse de vos sentimens vient de me toucher bien vivement. Quoi!
vous sacrifieriez votre fortune dans cette circonstance?

DINVAL.

Oui, Monsieur, reprenez tous vos droits :
Zélinde ne fera jamais le bonheur de sa famille
aux dépens de la concorde qui doit régner entre
vous....

DORVILLE.

Un moment, je vous prie, sans vouloir user ici
de mon autorité...

MIRCOUR.

Ah! mon pere, si l'aimable Zélinde a touché
votre cœur, pouvois-je être plus insensible que vous?
Daignez mettre le comble à vos bienfaits, rendez-
moi l'objet que j'adore, je vous devrai deux fois
la vie. (*Il se jette à ses pieds.*)

Mad. DINVAL.

Ah! Monsieur, vous êtes généreux, un seul jour
n'a pu allumer dans votre cœur une passion assez
forte pour faire le malheur de votre fils, & peut-être
le vôtre. (*Zélinde porte son mouchoir à ses yeux.*)

DORVILLE.

Hélas ! oui, ce feroit le mien, je le vois à vos larmes, belle Zélinde.

MIRCOUR.

O mon pere, voyez couler les miennes.

DORVILLE.

Vas, je fens que le cœur d'un pere n'eſt pas celui d'un rival, & les vertus dont je ſuis témoin achevent ton bonheur.

MIRCOUR, *embraſſant ſon pere.*

Ah ! mon pere ! (*A Dinval.*) Ah ! Monſieur, rendez-vous, je vous prie.

DORVILLE.

Oui, mon cher Diuval, moi-même vous y convie.

DINVAL.

Embraſſez-vous donc, mes chers enfans. (*Ils s'embraſſent & ſe jettent dans les bras de leur pere & mere.*)

Mad. DINVAL.

Hé bien Zélinde, voilà ton ſonge accompli.

DORVILLE.

Souviens-toi, sur-tout, que je l'aurois rendue
heureuse.

DINVAL, *baisant la main de Zélinde.*

Elle le sera, soyez-en sûr.

Fin de Zélinde & du Tome premier.

LES AMUSEMENS
DE LA CAMPAGNE;
OU
LA FAUSSE PAYSANE;

*Comédie en un Acte, en profe; fuivie
d'un Divertiffement.*

P

PERSONNAGES.

MÉRINVAL.

La marquise de FLORINVILLE.

LE CHÉVALIER, Fils de la Marquise.

ZÉLIS, Fille de Mérinval.

LINDANE.

RENÉ.

COLAS.

UNE MARQUISE.

UNE COMTESSE.

UNE PRÉSIDENTE.

L'Abbé de CHASSENVILLE.

CHASSEURS, BERGERS & BERGERES.

La Scene est dans un Bois.

LES AMUSEMENS
DE LA CAMPAGNE,
OU
LA FAUSSE PAYSANE,
COMÉDIE.

SCENE PREMIERE.

Le Théâtre repréſente un Bois.

LA MARQUISE, *en déshabillé & une canne à la main*, MERINVAL, *en Chaſſeur;* un DOMESTIQUE *les ſuit & porte le fuſil de Merinval.*

MERINVAL.

Encore un pas, & nous y ſommes... Bon; c'eſt ici qu'elle doit venir, & qu'à la faveur de ce taillis, je veux tout voir & tout entendre.

P 2

LA MARQUISE.

En vérité, mon frere, pour un homme de votre âge, vous êtes bien fou.

MERINVAL.

Mais fongez donc que nous fommes à la campagne, & que nous autres, qu'on croit fort heureux, ne quittons la ville que pour nous défennuyer des fatigues de tenir un rang dans la Société.

LA MARQUISE.

D'accord, mais je ne m'amuferois pas d'une plaifanterie qui intéreffe le fort de ma fille.

MERINVAL.

Comment ! vous ne trouvez pas plaifant que, fortant de chez vous, traveftie en payfane, pour venir me furprendre, elle foit juftement rencontrée dans ce même bois, en s'en retournant, par le jeune homme qu'on m'offre pour gendre, & que frappé tout-à-coup de fes charmes, il lui faffe une déclaration ?

LA MARQUISE.

Non.

MERINVAL.

Qu'elle-même ne le connoiffant pas, & fe difant la fille de votre jardinier & votre filleule, fous le nom de Zélis, fe foit fait un jeu de cette méprife ?

LA MARQUISE

Non, vous dis-je, M de Merinval, & à votre place, je n'en rirois point du tout.

MERINVAL.

Si fait, ma foi ! Marquise, l'aventure est trop singuliere, je veux que vous vous y prêtiez.

LA MARQUISE.

Mais vous ne voyez donc pas qu'une aussi grande facilité à s'enflammer, de la part de ce jeune homme, pourroit devenir dangereuse au bonheur de ma niece ?

MERINVAL.

Au contraire ; je regarde cela comme un effet de sympathie, & la preuve, c'est qu'elle-même, tout en badinant, a mis tant d'intérêt dans le récit qu'elle m'en a fait, lorsque j'ai été chez vous la voir hier au soir, que je suis persuadé qu'elle sera enchantée de s'unir avec lui.

LA MARQUISE.

Oh ! sans doute, il suffit qu'il y ait du roma: nesque pour que cela vous plaise.

MERINVAL.

Mais, oui, oh ! je me rappelle mon jeune tems; J'étois un verd galant, j'entendois à merveille à conduire une intrigue.

LA MARQUISE.

Ofez-vous parler de vos folies, votre fortune feroit brillante fans moi?

MERINVAL.

Mais c'eſt dans l'ordre; vous amaſſiez, moi je dépenſois & m'amuſois pour nous deux. A ça, il eſt queſtion que ma fille reprenne aujourd'hui ſes mêmes habits, & qu'elle obſerve bien ce que je lui ai dit; notre jeune prétendu qui doit chaſſer avec moi, & à qui j'ai donné exprès ici le rendez-vous, ne manquera pas de la rencontrer; cela produira une ſcene d'autant plus plaiſante, qu'elle ignore encore que celui dont elle ſe divertit pourra bien être ſon époux.

LA MARQUISE.

Il faut bien faire ce que vous voulez. (*Le domeſtique tire un coup de fuſil.*) Ah! Dieux! je ſuis toute tremblante.

MERINVAL.

Qui t'a donc prié de tirer?

LA MARQUISE.

Quoi! c'eſt lui qui m'a fait cette peur?

LE DOMESTIQUE, *d'un ton niais.*

Ne craignez rien, Madame; elle eſt tuée.

LA MARQUISE.

Mais, voyez un peu s'il m'avoit adreſſé!

LE DOMESTIQUE.

Oh que non ! la bête , Madame , étoit-là. (*Il la ramasse.*)

LA MARQUISE.

M. de Merinval , retirez-lui toujours cette arme, & prenez garde , vous-même.

MERINVAL, *prenant le fusil.*

Soyez tranquille.

LA MARQUISE.

Allons , je m'en retourne ; songez à vous ménager , car il fait une chaleur excessive.

MERINVAL.

Je ne sortirai pas du bois... A propos, n'oubliez pas de dire à René d'accompagner Zélis.

LA MARQUISE, *souriant.*

Non , je n'oublierai rien. Vous êtes bien fou , je vous assure. (*Elle prend le bras du domestique & s'en va.*)

SCENE II.

MERINVAL, *seul.*

Voyons, en attendant Lindane & le Chevalier, battons un peu le bois. Mais, n'ai-je point entendu quelque chose ? c'est de ce côté. (*Il couche en joue.*)

SCENE III.

RENÉ, COLAS, MERINVAL.

RENÉ.

Doucement, Monfieur , j'fommes chrétiens.

MERINVAL.

Ah ! c'eft toi, René ? j'allois faire un beau coup !

RENÉ.

Pas tant fi beau, ma fine !

MERINVAL.

Voilà juftement ta maîtreffe qui s'en retourne chez elle.

RENÉ.

Je l'ons vue, Monfieur.

MERINVAL.

Sur-tout ne manque pas de venir avec Zélis, comme nous en sommes convenus.

RENÉ.

Oh ! laissez m'faire, Monsieur, j'savons notre rôle.

MERINVAL.

Fort bien. (*Il s'éloigne dans le bois.*)

SCENE IV.

RENÉ, COLAS.

RENÉ.

OUI, jarniguié ! notre ami, j'voulons tirer parti de l'aventure.

COLAS.

Eh ! comment ça ?

RENÉ.

Eh ! pargué ; en faisant l'calin au vis-à-vis de c't'amoureux ; il charchera sûrement à me tirer les vars du nez, & moi, j'li tirrons d's'écus, tu voiras, tu voiras.... Bon ! le voilà justement... Ah ! morguenne, y m'viant une idée, j'vais t'faire passer pour mon gendre futur, soutiens bien la gageure seulement... (*D'une voix plus élevée.*) Oui, c'est com'ça, n'y a pas d'amour qui tienne, à moins d'cent écus tu n'auras pas ma fille.

SCENE V.

LINDANE, LES PRÉCÉDENS.

COLAS.

CENT écus!

RENÉ.

Oui, tout autant, sans ça point de Zélis.

LINDANE, *à part.*

Il parle de sa fille, je crois. (*Haut.*) Comment! Papa, de quel marché s'agit-il donc entre vous?

RENÉ.

Ah! ah! c'est vous, Monsieur? excusez, s'il vous plaît, c'est que j'sommes en affaire.

LINDANE.

Maïs encore, ne pourrois-je pas vous rendre service?

RENÉ.

Non, Monsieur, c'est un contrat que j'voulons faire; j'lui baillons not' enfant en mariage, moyennant une certaine somme qu'il me donnera.

LINDANE.

Comment ! Zélis ? cette jeune perſonne avec laquelle je vous ai rencontré hier au ſoir ?

RENÉ.

Alle-même , n'eſt-ce-t-y pas vrai qu'alle vaut ben cent écus ?

LINDANE, *riant.*

Aſſurément , & c'eſt à très-grand compte... mais exiger de l'argent !

RENÉ.

Eh ! ça n'vaut-y pas mieux que d'en donner ? Quoi ! j'aurons bien travaillé pour faire venir à bien de belles pêches, & j'pairons encore ceux qui viendront pour les manger ? oh , que non , j'voulons vendre notre fruit, ou qu'on nous laiſſe.

LINDANE.

D'accord ; mais encore faut-il que l'époux lui convienne.

RENÉ.

Oh ! c'eſt mon affaire à moi , & v'là mon gendre, s'il tope au marché.

COLAS.

Il le faut ben , pis q'vous l'voulez, allons donc de ce pas trouver le Tabellion.

RENÉ.

Vas, dépêchons-nous.

LINDANE.

Un moment donc, René, que je vous dise un mot. *Il le prend à l'écart.* Comment vous allez sacrifier ainsi votre enfant ? connoît-elle ce garçon ? l'aime-t-elle, en un mot ?

RENÉ.

Non, mais lui l'aime, y m'paye, ça suffit.

LINDANE.

Fi donc, vous seriez son malheur : mon ami ; puisque vous avez besoin d'argent voilà 25 louis, rompez votre marché & laissez-moi le soin de la pourvoir moi-même.

RENÉ.

Vraiment, Monsieur, y a là vingt-cinq louis ? oh ! morguenne, vous êtes d'un trop bon conseil, j'n'en sentions pas la conséquence. Colas, écoutes ici : j'en sis ben fâché, mon garçon ; mais Monsieur, qui entendons les affaires, dit que ce mariage-là n'seroit pas bon, ainsi n'y a rien de fait.

COLAS.

Vous v'lez rire, sans doute ?

RENÉ, *lui faisant voir la bourse.*

Non, pargué ! c'est du sérieux, demande plutôt ?

LINDANE.

Oui, mon ami, un contrat semblable n'est pas honnête.

COLAS.

Quand c'est pour tout de bon ?

LINDANE.

De toutes façons ; je m'y oppose enfin.

RENÉ, *après avoir réfléchi & regardant la bourse.*

Tenez, Monsieur, ce mot d'honnête me chiffonne, v'là de l'argent qui me fait peur.

LINDANE *prend un air plus libre.*

Pourquoi, lorsqu'il est à toi ?

RENÉ.

A moi, si vous voulez, mais stapendant faut q'vous sachiez...

LINDANE.

Non, garde cette bourse ; Zélis mérite de te porter bonheur.

RENÉ.

Morgué ! Monsieur, q'n'puis-je vous dire tout c'que j'ons sur le cœur.

LINDANE.

Parle, explique-toi.

RENÉ.

Vous aimez Zélis, j'en sis sûr ?

LINDANE.

C'est vrai, René, je te l'avoue ;

RENÉ.

Oui, mais là, de c't'amour dont on se marie ;
car vous autres, Messieurs, n'épousons ordinairement nos filles que pour rire ?

LINDANE.

Sois tranquille ; laisse-moi seulement la satisfaction
de lui faire part moi-même de mes sentimens, de
voir si je lui inspirerai assez de confiance pour mériter sa tendresse.

RENÉ.

Oh ! qu'à ça n'tienne, & pis q'vous parlez com'çi,
ma fille est à vous.

LINDANE.

Fort bien ; ménage - moi donc adroitement chez
sa marraine quelques entrevues.

RENÉ.

Ce sera sur votre conscience, au moins, prenez
y garde.

LINDANE.

Ne crains rien.

RENÉ.

Ainsi v'là toujours vingt-cinq louis dont vous
m'faites présent, badinage ou non ?

LINDANE.

Oui, & je veux que ton compagnon s'en ressente

aussi. Tiens, mon ami, console-toi, & sois secret.

COLAS.

Grand merci, Monsieur, j'aurons garde d'en rien dire.

RENÉ.

Doucement, v'là M. le Chevalier qui vient par ici.

LINDANE.

Retirez-vous, mes amis, nous nous reverrons.

SCENE VI.

LE CHEVALIER, LINDANE.

LE CHEVALIER.

MAIS, dis-moi un peu, quel chemin as-tu donc pris, il y a une heure que je te cherche ?

LINDANE.

Et moi, je croyois te trouver ici avec ton oncle.

LE CHEVALIER.

Est-ce qu'il seroit allé accompagner ma mere jusques chez elle ?

LINDANE.

Peut-être bien, au reste, attendons-le un moment, nous sommes au rendez-vous... A propos de ta mere, fais-tu que René, fon jardinier, a une fille charmante ?

LE CHEVALIER.

Charmante ? c'est une bonne groffe villageoife ; mariée dans ces environs, qui conviendroit tout au plus au dernier de tes gens.

LINDANE.

Quoi ! tu ne lui connois pas une très-belle fille, dont Madame de Merinval est marraine, & qu'elle a fait élever dans le château d'une de ses amies ?

LE CHEVALIER.

Non, d'honneur, j'ai bien entendu parler d'une jeune orpheline dont on difoit beaucoup de bien, mais comme cela m'intéreffe peu...

LINDANE.

Oh ! m'y voilà : je ne t'en ai rien dit ; il n'eft pas queftion d'orpheline, c'eft la fille de René que j'ai rencontrée hier au foir. Ah ! mon ami, que de charmes ! quel air modefte & fpirituel ! que de no-bleffe dans toute fa perfonne, malgré la fimplicité de fes vêtemens !

LE CHEVALIER.

Oui-dà ! le drôle ne m'en a jamais parlé.

LINDANE.

Moi, je t'en fais part, & pour raifon,

Li

LE CHEVALIER.

Ah ! c'est-à-dire que tu feras venu fur nos terres pour chaffer à mes dépens?

LINDANE.

Au contraire, mes intentions font très-pures.

LE CHEVALIER.

Et les miennes très-légitimes, car enfin le droit du feigneur m'appartient.

LINDANE,

Ecoute, Chevalier; j'aurois peut-être dû te cacher mes fentimens, mais tu es mon ami, j'ai befoin d'un confident.

LE CHEVALIER.

Bien obligé de la préférence. Comment ! tu en es déja là?

LINDANE, *baiffant la voix.*

Doucement, je t'en prie, il ne s'agit pas de plaifanter.

LE CHEVALIER.

Eh ! non, parbleu ! je fuis piqué, c'eft m'enlever les redevances de mon domaine.

LINDANE.

Ceffe de badiner, te dis-je, Zélis mérite qu'on la refpecte.

Q

LE CHEVALIER.

Mais tu badines, toi-même, sans doute, que signifie donc ce ton pathétique-là ?

LINDANE.

De grace, Chevalier, écoute-moi.

LE CHEVALIER.

Ah, ah, ah, il est délicieux. Quoi ! sérieusement ?

LINDANE.

Oui, sérieusement : je suis l'homme du monde le plus malheureux qu'on m'ait amené ici pour être présenté à ta cousine. Je sens que je ne pourrai l'aimer.

LE CHEVALIER.

Grand merci pour ma parente, c'est-à-dire que M. René aura la préférence. Fort bien, mon cher, continue, te voilà monté de façon à nous bien divertir.

LINDANE.

Non, je compte assez sur ton amitié pour n'en point abuser.

LE CHEVALIER.

Comment ! mais, à t'entendre, tu épouserois donc cette Zélis ?

LINDANE.

Eh ! pourquoi non.

LE CHEVALIER.

La fille d'un jardinier ?

LINDANE.

Oui, Chevalier, la fille d'un jardinier.

LE CHEVALIER.

Oh! ma foi! je n'y tiens pas, laisse-moi rire, ma pauvre cousine, que n'avez-vous aussi paru la premiere ?

LINDANE.

Elle est, dit-on, très-jolie, mais...

LE CHEVALIER.

Mais, elle n'est pas jardiniere; en vérité, Lindane, j'ai pitié de toi; car, au bout du compte, je sens tout le ridicule que tu vas te donner.

LINDANE.

Le ridicule! ah! Chevalier, si tu connoissois Zélis, tu conviendrois que la raison est d'accord avec mon cœur; de grace, n'abuse point de mon secret, aide-moi à sortir de l'embarras où je me trouve.

LE CHEVALIER.

Eh! comment diable veux-tu que je fasse? on te propose à ma famille, elle demande à te voir, à peine sommes-nous arrivés que tu débutes par une extravagance qui me feroit passer moi-même pour

Q 2

un fou. Tiens, crois-moi, le meilleur parti que tu aies à prendre, c'est de trouver un prétexte honnête pour t'en retourner.

LINDANE.

Non, je sens qu'il me seroit impossible de m'arracher de ces lieux, je ne pourrois vivre éloigné de Zélis.

LE CHEVALIER.

Mais en vérité, je crois que je donne dans cette folie. Ma foi! mon cher Lindane, vois à sortir de là comme tu pourras, je te préviens seulement que la gaieté de mon oncle te démontera, tu vois avec quelle familiarité il agit déja avec toi, c'est son caractere.

LINDANE.

Aussi, est-ce lui seul que je crains... Mais n'est-ce pas Zélis? oui, c'est-elle-même; oh! je t'en prie, permets-moi.....

LE CHEVALIER.

Un moment donc que je la voie.

LINDANE.

De grace, laisse-moi profiter... O Ciel! j'apperçois aussi M. de Merinval! ah! mon ami, vas au-devant de lui, tâche de le détourner.

LE CHEVALIER.

..Tu me fais jouer un joli rôle, en vérité.

LINDANE.

Rends-moi ce service.

LE CHEVALIER.

Va, je sens qu'il faut dans ce moment se prêter
à ton extravagance pour te sauver des désagrémens.

(Le Chevalier va au-devant de son oncle que les
spectateurs ne doivent point voir.)

SCENE VII.

ZÉLIS, *venant du côté de* LINDANE; *elle*
est accompagnée de RENÉ.

LINDANE.

Bon! M. de Merinval ne m'a point apperçu!

RENÉ.

Oh! le voilà, ma foi! faisons semblant de rien.

ZÉLIS, *à René.*

Mais, je ne vois pas mon pere.

RENÉ.

Il est ici caché, soyez-en sûre.

ZÉLIS.

Eloigne-toi donc un peu.

Q 3

LINDANE, *s'approchant.*

Belle Zélis, vous paſſez bien vîte?

ZÉLIS.

Ah! c'eſt vous, Monſieur?

LINDANE, *la retenant par la main.*

Un moment, donc.

ZÉLIS.

Non, non, je n'en ai pas le tems, laiſſez-moi aller, je vous prie.

LINDANE.

Mais encore! un mot ſeulement.

ZÉLIS.

Oh que non, Monſieur, & puis, que diroit mon pere?... Mais qu'eſt-il donc devenu? mon pere? mon pere?

RENÉ, *accourant.*

Eh bien! eh bien, qu'eſt-ce? me v'là.

LINDANE.

Mon cher René, venez raſſurer votre fille, n'eſt-il pas vrai que vous conſentez que je lui diſe qu'elle eſt charmante?

RENÉ.

Mais oui, j'aimons la vérité.

LINDANE.

Eh! bien, Zélis, que craignez-vous actuellement ? je le répete, vous êtes charmante, & si vous voulez, je me charge de vous trouver un époux.

ZÉLIS.

Vous, Monsieur ?

LINDANE.

Moi-même.

RENÉ

Prenez-y garde, Monsieur, elle a la mine trompeuse.

LINDANE.

Non, René, d'aussi beaux yeux que les siens ne peuvent mentir. Zélis, si j'ai le bonheur de vous plaire, voilà ma main : c'est moi qui vous épouse.

ZÉLIS.

Mais, Monsieur, songez donc.

LINDANE.

Vous êtes belle & vertueuse : ces deux qualités suffisent à mon amour ; oui je veux que vous partagiez ma fortune, vous jouirez de la satisfaction de secourir votre famille.

RENÉ, à part.

Ventrezué ! que c'ci n'est-il pour tout de bon ?

ZÉLIS, à part.

Je ne sais que répondre, je vais me trahir.

LINDANE.

De grace, expliquez-vous... votre cœur est donné, je le vois?

ZÉLIS.

Non, Monsieur... jusqu'à présent je n'y avois pas songé, mais ce que vous dites est si flatteur.

LINDANE.

Achevez, belle Zélis, achevez.

RENÉ.

Oui, morgué! plus de barguignage; j'allons chercher des témoins qui finiront l'affaire.

ZÉLIS, *faisant signe à René.*

Un moment, je vous prie, Madame la marquise de Florinville m'ayant élevée, il est juste de la consulter auparavant.

LINDANE.

Vous avez raison, cependant...

ZÉLIS.

J'entends, vous craignez de paroître mon époux.

LINDANE.

Que dites-vous, Zélis? Eh! bien, allons de ce pas trouver votre chere marraine, elle doit en effet jouir de son ouvrage. O Ciel! voilà M. de Merinval, évitons-le dans ce moment : Zélis, comptez fur ma parole, j'irai dès aujourd'hui trouver la marquife, je prouverai combien je vous aime.

RENÉ.

Oh! d'ça j'en répondrai.   (*Ils s'en vont.*)

LINDANE.

Elle eft adorable!

SCENE VIII.

MERINVAL, LE CHEVALIER, LINDANE.

MERINVAL.

FORT bien, notre ami, fort bien. Ah! c'eft donc là le gibier que tu chaffes?

LINDANE, *regardant le Chevalier.*

Comment!

MERINVAL.

Eh! oui, oui, parbleu! je t'aime bien, toi, Chevalier, de le quitter au moment d'une fi belle prife.

LE CHEVALIER.

Mais, mon oncle, expliquez-vous donc, vous allez me faire une querelle.

MERINVAL.

Pourquoi donc?

LE CHEVALIER.

C'eſt que Lindane s'imagine que je vous ai fait quelque confidence.

MERINVAL.

Ah! c'eſt-à-dire que tu es dans le ſecret. Oh! bien, je veux y être auſſi, moi. (*A Lindane.*) Voyons, notre ami, conte, conte-moi un peu cette hiſtoire-là.

LINDANE.

Ma foi! Monſieur, elle eſt toute ſimple; le haſard me fait rencontrer une très-jolie payſanne, je lui en fait mon compliment, & voilà tout.

MERINVAL.

Et voilà tout? oh! bien, moi, j'en vois davan-tage, & je vais dans l'inſtant en régaler nos dames, que j'ai fait avertir en conſéquence... Les voici, juſtement. (*Il va au-devant d'elles.*)

LINDANE, *au Chevalier.*

Mais que diable ton oncle a-t-il donc aujour-d'hui? Quoi! tu ne lui as rien dit?

LE CHEVALIER.

Rien, je t'aſſure. Au contraire, ſans moi il reſtoit derriere ce taillis. Tiens, crois-moi, prends le parti d'en rire, c'eſt le plus ſage.

LINDANE.

Je le ferois ſans doute en toute autre circonſtance.

Mais que vois-je ! l'Abbé de Chaſſenville eſt auſſi des vôtres ?

LE CHEVALIER.

Oh ! pour le coup, gare l'épigramme.

SCÈNE IX.

UNE MARQUISE, UNE COMTESSE, *en Amazones* ; UNE PRÉSIDENTE, UN ABBÉ, *en habit de campagne, tenant une grande lunette d'approche* ; LES PRÉCÉDENS, QUELQUES DOMESTIQUES.

L'ABBÉ.

POUR moi, Meſdames, à la place du Chevalier, j'aurois au moins voulu être de moitié dans la chaſſe de mon ami.

LA MARQUISE.

Oh ! vous ne le connoiſſez pas ; c'eſt un garçon très-généreux.

LE CHEVALIER, *à Lindane.*

Tu vois que c'eſt moi qu'on plaiſante.

LA PRÉSIDENTE.

Mais voyez donc ſon embarras, Mon cher Lin-

dane, laissez-les dire, c'est certainement par jalousie.

L'ABBÉ, *préludant.*

Comment ! je crois qu'il y a ici un écho...:
(*Il prélude.*) Mais ; oui... Oh ! pour le coup,
Mesdames, il faut nous y fixer. Si Madame la
Comtesse veut, nous chanterons ce Duo qu'elle rend
si parfaitement.

LA COMTESSE.

Volontiers, mais il faut que Lindane nous accompagne.

LINDANE.

Avec plaisir. (*Il monte une flûte douce.*)

L'ABBÉ.

Et après le Duo, nous le prierons de célébrer
sa nouvelle conquête.

MERINVAL.

L'Abbé a raison ; n'est-il pas vrai, Lindane?

LINDANE.

Elle le mérite, au moins.

La Compagnie se place sur des bancs de gazon, la
Comtesse chante avec l'Abbé, Lindor les accom-
pagne.

DUO.

De la tendre tourterelle
Imitons les doux accens.
Soyons fideles comme elle;

N'oublions pas nos fermens.
Oui, je t'aime,
Dis de même;
L'amour feul fait mon bonheur;
Oui, je t'aime,
Dis de même;
Et fens palpiter mon cœur.

Tout prouve dans la Nature
Qu'il est doux de s'enflammer,
Tout prouve auffi qu'un parjure
Sent peu le plaifir d'aimer.
C'est le Papillon volage
Qui meurt avec le printems;
On regrette le bel âge,
Mais, hélas! il n'est plus tems.
Oui, je t'aime,
Dis de même, &c.

MERINVAL, *regardant avec la lunette.*

Ah! ah, voilà le pere de cette jeune fille;
il faut que je l'appelle; mais non, il vient à
nous.

SCENE X.

RENÉ, LES PRÉCÉDENS.

RENÉ.

MESSIEURS & Dames, & toute la compagnie, excusez, j'aurions un mot à dire à Monsieu de Merinval.

MERINVAL.

Qu'est-ce que c'est, mon ami ? parle.

RENÉ.

Non, Monsieu, permettez que j'vous disions ça à l'écart.

LINDANE, *se levant.*

Le malheureux m'a trahi.

(*Il veut se retirer.*)

MERINVAL.

Un moment donc, notre ami ; Mesdames, vous allez voir Zélis, ma sœur vous l'amene. (*Il retient Lindane.*) Quoi ! tu ne veux pas jouir de ta conquête ?

LINDANE.

Monsieur, puisque vous êtes instruit, je mérite

cette ironie ; cependant, n'ayant pas encore eu l'honneur de voir Mademoiselle votre fille, je suis peut-être excusable.

MERINVAL.

Comment donc, rien n'est plus naturel ; Zélis l'emporte de beaucoup sur elle.

LA PRÉSIDENTE.

Mais, Lindane, c'est nous jouer un tour perfide, à nous qui vous présentons.

LINDANE.

Que voulez-vous, Mesdames? je n'ai pu m'en défendre. Oui, la charmante Zélis m'a inspiré l'amour le plus sincere.... Ah! la voici. (*Il vole auyant d'elle. On se leve.*)

SCENE XI & derniere.

La Marquise DE FLORINVILLE, ZÉLIS, *toujours en payfanne, mais couverte d'un voile,* LES PRÉCÉDENS.

Lindane.

Venez, belle Zélis, que vos charmes fervent de témoignage aux droits de la beauté.

(*Il veut lever le voile.*)

La Marquife DE Florinville.

Doucement, s'il vous plaît, je fuis fon Chevalier : il faut auparavant jurer fidélité.

Lindane.

Oui, j'en fais le ferment, & c'eft à fes genoux que je lui rends hommage

La Marquise, *levant le voile.*

Elle vous appartient.

Le Chevalier.

Quoi ! c'eft toi, ma coufine ?

Lindane, *à Merinval.*

Votre fille, Monfieur ? ah ! Zélis, quelle furprife agréable !

ZÉLIS,

ZÉLIS, *à Lindane.*

Pardonnez, Monſieur, un innocent badinage que le haſard a commencé ; je ne l'euſſe certainement pas continué ſans l'ordre de mon pere.

LINDANE.

Ah! Zélis, puiſſiez-vous au contraire approuver les ſentimens dont je vous ai fait l'aveu.

MERINVAL.

Oui, mon enfant, voici l'époux que je te deſtinois, & je ſuis perſuadé que le connoiſſant plus particuliérement, nous aurons lieu d'être tous ſatisfaits.

LA PRÉSIDENTE.

Oh! pour le coup, l'aventure eſt ſinguliere, & bien faite pour Monſieur de Merinval.

MERINVAL.

Qu'en dites - vous, Meſdames, n'ai - je pas eu raiſon d'en profiter? Toi-même, ma fille, qu'en penſes-tu?... Fort bien... tu ris, c'eſt me répondre. Allons, mes amis, pour rendre notre joie plus

R

complette, ne fongeons plus qu'à jouir de la fête que j'ai fait préparer.

(On entend tout-à-coup des cris de chaffe, mêlés de cors & d'autres inftrumens. Des Braconiers paroiffent pourfuivis par des gardes-de-chaffe ; ils fe livrent une petite guerre ; des Bergers & Bergeres viennent les féparer : ils mettent bas les armes. Quelques-uns chantent le Vaudeville, & la Fête continue par un Ballet général, au milieu duquel les Bergeres préfentent des bouquets à la Compagnie)

VAUDEVILLE.

AIR : *Avec les jeux dans le village*, &c.

TOUT ici bas se fait la guerre,
Et chasse pour ses intérêts.
Les intrigans chez le Notaire,
Les Braconiers dans les forêts.
La Prude, sous un air modeste,
Est un Furet à l'œil malin ;
Le peu de beauté qui lui reste
Lui fait relancer le prochain.

UN vieux tuteur, sur son pupille
Tire en secret à bout portant.
De l'usurier la main subtile
Chasse aux bijoux argent comptant.
Le courtisan, non moins habile,
Vous soufle un poste, & le surprend.
La courtisane vous enfile
Un jeune sot qu'elle entreprend.

MON fils, qui sert dans la marine
Dit qu'on y sait chasser au mieux,
Et que c'te poudre qui fulmine,
N'est pas d'la poudre pour les yeux.
On s'en sert contre l'Angleterre ;
Et comme alle est de bon aloi,
D'*Estaing*, *Fayette* lui font faire
Tout ce qui plaît à notre Roi.

MERES, l'Amour vous fait la chasse,
Défiez-vous de ses filets :
Pour mieux surprendre la bécasse,
Il met en plaine ses poulets.
Si doucement il vous l'appelle,
Qu'elle-même vient au - devant.
La vertu ne bat que d'une aile,
Et votre poudre prend l'évent.

L'AUTEUR du jour chasse aux vétilles,
L'Abbé Muguet un fin souper ;
Le faux joueur, dans les familles,
Guete l'instant d'aller duper.
Pour nous, qui désirons vous plaire,
Nous chassons fort heureusement,
Quand nous entendons le Parterre
Claquer des mains joyeusement.

(On danse.)

F I N.

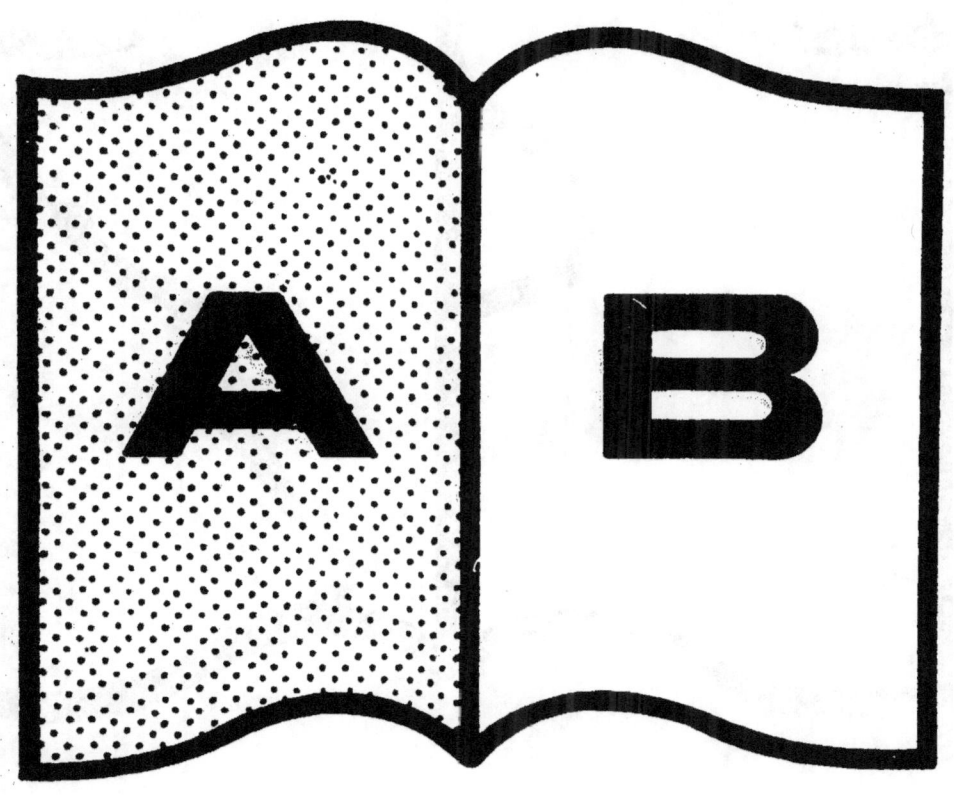

Contraste insuffisant

NF Z 43-120-14

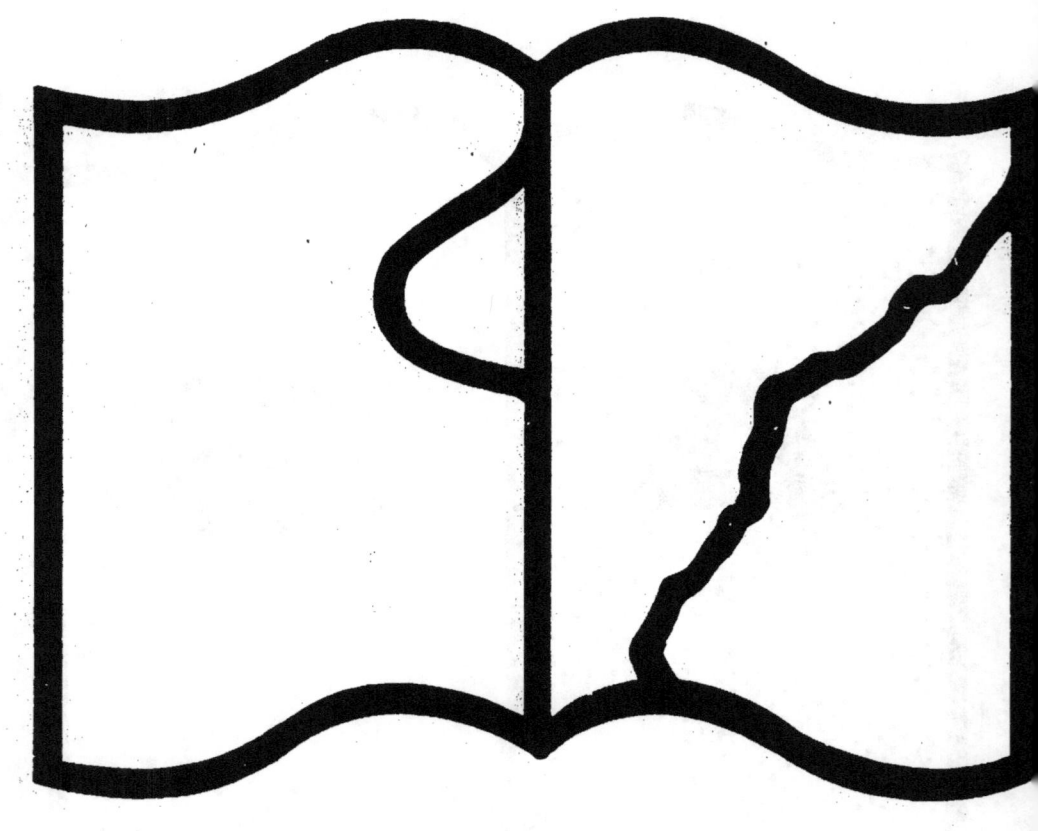

Texte détérioré — reliure défectueuse

NF Z 43-120-11

www.ingramcontent.com/pod-product-compliance
Lightning Source LLC
Chambersburg PA
CBHW071814020726
47502CB00004B/1101